할 수 있는 일을 하고 있습니다

나의 작은 집에서 경험하는
크고 안전한 기쁨에 대하여

할 수 있는 일을
하고 있습니다

나의 작은 집에서 경험하는
크고 안전한 기쁨에 대하여

김 송 봉 이 김 강 김 신 문 임
규 은　　지 희 보 키 지 희 진
림 정 현 수 정 혜 미 혜 정 아

아! 집이 경이로운 것은 그것이 우리를 보호해주거나
따뜻하게 해주기 때문도, 우리를 위한 벽이 있기 때문도 아니다.
다만 우리 마음속에 그 아늑한 물건들이
천천히 쌓여왔기 때문이다.
그것은 우리 마음 깊숙한 곳에서 이 어렴풋한 덩어리를 만든다.
거기에서 샘물처럼 꿈이 생겨난다.

― 생텍쥐페리, 『인간의 대지』 중에서

차례

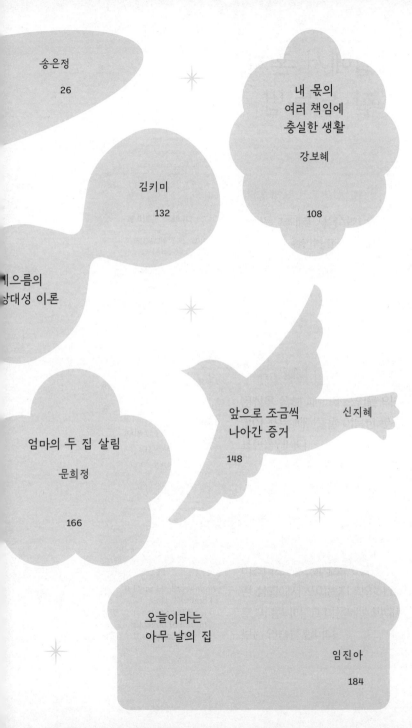

집에서 혼자
잘 노는 법

광활한 우주 가운데 내 마음 내키는 대로

다룰 수 있는 작은 공간이 있다는 것은

어찌나 신나는 일인지!

김규림

5년째 같은 집에 거주 중이지만 이 집이 나에게 갖는 의미는 시시각각 달라져왔다. 지금이야 집과 떼려야 뗄 수 없이 사는 모습이 흡사 지박령(?)에 가까운 수준이나, 몇 해 전만 해도 나에게 집이란 그저 잠깐 잠을 자고 나가는 공간이었다. 일을 마친 후 밤늦게야 집에 돌아왔고 주말에도 밖으로 놀러 다니기 바빠 살림을 돌아보거나 집에 대해 깊게 생각해볼 겨를은 없었다.

그러다 집을 다시 보게 된 결정적 계기가 하나 있었으니 다름 아닌 어느 주말 오후의 햇볕이었다. 여느 때와 다름없이 나가 놀 작정이었던 주말, 갑자기 약속이 깨져 하릴없이 집에서 오후 시간을 보내게 됐는데 별안간 집 전체에 환한 볕이 들어왔다. 때마침 틀어놓았던 재즈 음악과 햇살이 절묘한 조화를 이뤄 지금껏 내가 본 가장 아름다운 장면이 연출됐다. 주말마다 볕이 잘 드는 공간을 찾으러 햇빛 사냥꾼처럼 카페로, 야외로, 돌아다녔건만 그게 우리 집이었다니 무색하고 당황스러웠다. 집은 늘 이 자리에서 이렇게나 빛나고 있었을 텐데 그간 나는 어디서 무엇을 찾아 헤맸던 걸까?

그날 이후 집에 머무르는 시간을 일부러 늘렸다. 집에 오래 있다 보니 비로소 이 집에 '존재한다'는 개념을 넘어 '살고 있다'라는 느낌을 받기 시작했다. 사무실 책상에 올려두었던 물건을 집으로 가져오기도 하고, 잠만 자는 공간에 두기는 아깝다며 구매를 포기했던 오브제들을 하나둘씩 들이며 공간을 꾸려갔다. 집에 대한 기억과 애착이 점차 쌓여가면서 어느 순간 나는 텍스트로만 접했던 존재, '집순이'가 되어 있었다.

인생이 한 권의 책이라면 모르긴 몰라도 집이 몇 챕터 분량을 차지할 텐데, 이렇게 생각하면 집에서의 나날과 사건들에 조금 더 의미를 부여하고 싶어진다. 문장 하나라도 허투루 쓰고 싶지는 않기 때문이다.

본격적인 집 생활자가 되기 전까지 나는 책상 위 작은 문구류와 소품을 들여다보는 데 온 신경을 쏟았을 뿐 공간 전체를 바라본 적이 거의 없었다. 그런데 고개를 들어 가만히 살펴보니 집도 그 모습이 나날이 달라지는 게 아닌가. 쾌청한 날에는 집 안의 분위기도 함께 맑아지고 날씨가 흐린 날에는 집의 공기도 덩달아 묵직하고 어둑해진다. 또 템포가 빠른 음악을 틀면 집은 한순간 경쾌해지고, 반대로 느릿한 음악을 틀면 집의 시간도 더디게 흐르는 느낌이다. 네모난 공간에도 매일의 기분과 표정이 있다는 걸 알아차린 후에는 집을 더 유심히 관찰하게 됐다.

김규림

퇴사를 하고 집에 머무르는 시간이 길어지자 계절과 시간에 따른 집 안의 변화까지 느낄 수 있게 됐다. 겨울에 우리 집이 가장 밝은 시간은 오후 2시였는데 여름이 되니 해가 길어져 오후 6시 언저리가 가장 환했다. 창밖으로 쏟아지는 빗줄기와 세차게 부는 바람 소리를 감상하기도 하고, 언제나 초록빛일 것만 같았던 나무에 단풍이 들고, 또 그 위에 눈이 내려앉는 모습을 바라보며 계절감을 흠뻑 느끼기도 했다.

1년 내내 그 미묘한 변화를 살피다 보니 집과의 내적 친밀감이 더 높아졌다. 이곳에 산 지 한참 후에야 뒤늦게 정이 들기 시작했지만, 집과 친해지는 속도는 지난 세월까지 끌어안아 가속도가 붙었다.

이렇게 집에 있는 시간이 좋아지다 못해 급기야 꼭 필요한 일을 제외하고는 집 밖으로 나가지 않는 지경에 이르렀을 때 팬데믹 사태가 시작됐다. 집에서 지내는 생활에 익숙해진 나는 집 안에 꼼짝없이 머물러야 하는 상황에도 거의 타격이 없었지만, 집에서 뭘 해야 할지 당최 모르겠다는 친구부터 지루함에 몸서리치는 동료까지 우왕좌왕하는 주변 사람들을 보며 정체 모를 사명감이 고개를 들었다. 집과 한 몸이 된 듯 생활하며 집에서 혼자

놀기의 마스터가 되어가던 참이었기에 이 사태를 가만히 지켜보고 있을 수만은 없었달까.

그래서 집을 조금 더 재미있게 만들 수 있는 35가지 작은 팁과 노하우를 모아 '집에서 혼자 노는 법'이라는 이름의 PDF 파일로 만들어 배포했다. 배포라는 단어를 쓰니 어쩐지 조금 거창해 보이지만 소품 위치 바꾸기, 집에 어울리는 음악 플레이리스트 만들기, 와이파이 이름과 비밀번호 바꾸기 등 집에서 당장이라도 시도해볼 수 있는 소소한 변화의 목록이다.

집에서의 생활이 따분하게 느껴지는 이유는 새로운 이벤트가 끊임없이 발생하는 외부 환경에 비해 변화가 많지 않고 비교적 정적이기 때문일 테다. 그런데 반대로 생각해보면, 변화가 거의 없는 환경에서는 작은 변화도 크게 느껴지기 마련이다. 점심때와 다른 그릇으로 저녁밥 먹기, 침대 머리맡에 작은 엽서 붙이기 등 사소한 변화만으로도 매일의 생활은 달라질 수 있다.

작은 노력으로 일상이 충분히 재미있고 다채로워지는 경험을 여러 번 반복하니 이제는 일상을 어떻게 변주해볼지 연구하는 것이 취미이자 습관이 됐다. 어떤 즐거움은 고민과 노력을 통해 얻어지기도 한다. 고민하는 만큼 삶이 더 즐거워질 수 있으니, 말 그대로 '즐거운 고

김규림

민'이 아닌가. 어떻게 살고 싶냐는 물음에는 아무래도 언제나 기쁘고 즐거이 살고 싶다고 답하는 나이기에, 집에서의 생활에 대한 탐구와 고민은 앞으로도 계속 이어질 것 같다.

김규림의 열 가지 사물

나 혼자 사는 집이지만 각자의 이야기를 품고 있는 사물들로 우리 집은 늘 소란스럽다. 대학 시절 내내 기숙사 생활을 했는데, 학기마다 바뀌는 방의 구조를 변경하거나 가구를 교체하기는 어려우니 한정된 공간에서 나의 자기표현은 주로 소품으로 이루어졌다. 게다가 나는 새로운 물건 탐구를 좋아하고 소비 행위를 매우 즐기는 학생이었던지라 자잘한 물건을 꾸준히 사들였다. 그 결과 아직까지도 우리 집을 구성하는 주요 요소는 부피가 큰 가구가 아닌 작은 사물들이다.

재작년에는 장기 파견을 가게 되어 캐리어 두 개에 짐을 싸야 했는데, 수많은 물건 중 가져갈 것과 두고 갈 것을 고르느라 애를 먹었다. 다행히 매년 업데이트해두었던 '김규림의 10가지 사물' 리스트의 도움을 많이 받았다. 이 리스트 만들기에 영감을 준 것은 영화 〈백만 엔걸 스즈코〉였다. 주인공 스즈코는 어떤 공간에 가든 자신이 직접 만든 하얀 커튼을 설치하고 생활을 시작한다. 특정 사물로 어디든 자기만의 공간으로 만들 수 있다는 발상이 너무 근사해 나 또한 내 공간을 대표하는 사물을 가지고 싶어졌다. 그리하여 매해 가장 나다운 생활을 하게 해주는 열 가지 물건을 꼽아보게 된 것이다.

이 리스트 선정에는 나름대로 엄격한 나만의 기준이 있다. 첫째, 내 이야기가 있는 물건일 것. 둘째, 다른 것으로 쉽게 대체할 수 없는 물건일 것. 셋째, 꽤 오랜 시간을 나와 함께한 물건일 것. 그러면 대체 그 리스트엔 뭐가 있냐고 묻는 친구들에게 몇 가지 품목을 보여주니 수긍이 간다며 고개를 끄덕이기도 하고, 겨우 그런 거냐며 실소를 터뜨리기도 했다. 2021년의 리스트는 다음과 같다.

1. 탁상 거울
2. 스누피 캠핑의자
3. 책 모양 조명
4. 태엽시계
5. 빈티지 우유컵

김규림

6. A5 나무 클립보드

7. 커피 드리퍼

8. 문구류 보관함

9. 책 몇 권

10. 아이패드

나열해놓고 보니 생각보다도 더 사소해 놀랍지만 제각각의 이유로 무척이나 사랑하는 녀석들이다. 예를 들어 1번은 까마귀가 프린트된 실험적인 디자인의 거울로, 매일 아침저녁으로 눈길만 스쳐도 이상하게 기분이 좋아져 집에서 가장 잘 보이는 곳에 두고 있다. 2번은 캠핑용이지만 실내에서 사용하고 있는 나의 애착 의자인데 정말이지 웬만한 소파보다 더 편하다. 이 의자에서 벌써 몇십 편의 영화와 몇백 권의 책을 봤는지 셀 수조차 없다. 3번은 밝은 백열등 조명이 불편한 내게 꼭 필요한 간접조명으로, 평소에는 책 모양으로 덮여 있다가 펼치면 빛이 퍼지며 공간을 한순간에 따스하게 만들어준다. 이렇듯 나와 오랜 시간 함께 생활하며 애틋한 추억을 쌓아온 물건들 덕분에 일상은 훨씬 더 나다워진다.

매일 아침을 여는 귀여운 커피컵, 오후 시간 수많은 책이 거쳐간 독서대, 어둑해질 무렵 햇살을 대신해 집을 채우는 따스한 조명. 집에서 나의 물건을 돌보고 쓰는 모든 순간이 나에게는 집 그 자체다. 그러고 보면 물건에 대한 추억과 애정이 쌓인 총합만큼 집을 더 좋아하게 되는 게 아닐까. 그런 마음으로 오늘도 부지런히 나의 물건들을 돌본다.

이 리스트에는 들지 못했지만 애착이 가는 친구들도 여전히 많다. 자고로 물건은 순환을 하며 생명력을 얻는다고 생각하기에 시간이 날 때마다 서랍 깊은 곳에 잠들어 있던 물건을 꺼내보기도 하고, 또 아끼며 쓰던 것을 다시 서랍 속으로 집어넣기도 하면서 사물들이 번갈아 가며 빛을 볼 수 있도록 한다. 매년 리스트를 갱신하면서 내가 지금 어떤 것에 가장 관심 있는지, 또 삶에서 무엇을 중요하게 생각하는지 알아차리곤 한다. 그러니 결국 이 열 개의 물건 리스트 꾸리기는 비단 물건들뿐만 아니라 나를 돌보는 일이라고 할 수도 있겠다.

그나저나 2021년 리스트를 보며 가만 상상해보니 스즈코처럼 나도 이 물건들만 있으면 어디든 내 집처럼 편하게 느낄 수 있을 것만 같다. 마음이 꼭 맞는 친구가 있는 것처럼 나와 결이 꼭 맞는 물건이 곁에 있다는 것 또한 얼마나 든든한 일인지 모른다. 올해는 어떤 물건이 내 삶으로 들어오게 될까? 혹시나 운명적으로 평생을 함께할 사물을 만나게 되지는 않을까? 오늘도 아끼는 물건들 틈에서 즐거운 상상을 해본다.

나의 운동장, 책상

행복이 크기에 비례하는 것은 아니지만 집에서 내게 가장 큰 행복을 안겨주는 건 단연코 거실에 있는 거대한 책상이다. 작은 물건에 관심이 많은 데 비해 가구는 그저 눈에 튀지 않는 무난한 것으로 적당히 들여왔는데, 처음으로 큰 책상에 대한 갈증이 생겨 퇴사 무렵 버킷리스트 1번으로 '책상 만들기'를 썼다. 책상을 만드는 일은 앞으로의 무소속 생활에 대한 일종의 다짐과도 같았다. 창작을 계속할 것, 집에서의 나날을 게을리 보내지 않을 것. 매일 출근하는 루틴이 사라졌으니 자연스럽게 나의 주 생활 공간은 집이 될 터였다. 생활이 처지지 않고 쾌적하게 돌아가려면 집을 작업에 적합한 공간으로 만들어야 했다.

이전까지는 우리 집이 일을 하기에 좋은 공간은 아니었다. 바쁜 하루의 끝에 지친 몸을 끌고 들어오던 집이었기에 모든 것은 저녁 시간의 휴식에 포커스가 맞춰져 있었고, 집중해서 해야 할 일이 있으면 근처 카페로 몸을 옮기곤 했다. 본격적인 낮 생활을 위해서는 집의 체질 개선이 필요했다. 그러므로 나는 가장 먼저 책상부터 마련해야 했다. 책상은 집에서 내가 가장 오래 머무는 곳이기도 하고, 직장인이 하루의 3분의 1을 보낸다는 그 책상 앞의 시간들까지 나는 앞으로 집에서 보낼 요량이었으니까.

무언가를 만들고 쓰고 찾아보고 읽는 모든 활동을 하는 책상은 내가 마음껏 뛰놀 운동장이자 마음의 체력 단련장이라고 할 수 있다. 단순한 가구 그 이상의 의미를 갖는 책상 만들기에 나는 경건한 마음으로 임할 수밖에 없었다. 책상이야말로 내가 투자할 수 있는 궁극의 장비가 아니던가.

기왕이면 내 손으로 만들면 더 의미 있을 것 같아 한창 열심이었던 목공 수업을 다시 들어볼까 잠깐 생각해봤으나 만드는 과정보다는 완성품을 바라보는 것만이 뿌듯했던 기억을 떠올리고는 얼른 목수 선생님께 연락해 제작을 부탁드렸다. 기존에 쓰던 책상에 비해 폭은 1.5배 넓게 설계했고, 오래 쓸 수 있는 원목으로 제작했다. 책상이 도착한 날, 거실에 묵직하게 들어앉은 자태를 보면서 희열과 기쁨에 쉽사리 잠들지 못했다. 이제는 이

김규림

책상을 들인 지 1년도 훌쩍 넘었는데도 집에 들어오자마자 떡하니 보이는 책상의 모습에 매번 설레곤 하니까.

　　매일 아침저녁 책상 앞에 앉아 느릿한 음악을 들으며 글을 쓰거나 그림을 그린다. 무질서하게 흩어져 있는 나뭇결과 옹이도, 널찍한 폭도, 둥그스름하게 깎여나간 모서리도, 마음이 편해지는 색깔도 어느 한구석 빼놓지 않고 마음에 쏙 든다. 책상 앞에 앉으면 자꾸만 상상하게 된다. 이 책상에서 나는 앞으로 얼마나 많은 일을 만들어나가고 생각하고 써내려가게 될지, 또 얼마나 더 많은 시간을 함께 보내게 될지 떠올리기만 해도 흐뭇하다. 그나저나 큰일이다. 가뜩이나 좋아하는 집이 점점 더 좋아지기만 하니 말이다.

노 와이파이존

우리 집에는 '노 와이파이존(NO WI-FI ZONE)'이 있다. 이름 그대로 인터넷에 접속하지 않는 방이다. 노 와이파이존에 대해 사람들에게 말하면 그게 기술적으로 구현 가능하냐는 질문을 받는다. 결론부터 이야기하자면 철저히 아날로그 방식이다. 그저 그 방에는 핸드폰이나 전자기기를 들고 들어가지 않는 것뿐이다.

집에 굳이 이런 공간을 만든 이유는 크게 두 가지다. 첫 번째는 외부의 어떤 것에도 방해받지 않는 시간이 필요해서다. 24시간 온라인 접속 상태에 극심한 피로를 느끼는 나는 로그아웃이라는 개념이 있었던 2000년대에 그리움을 느끼곤 한다. 핸드폰이 옆에 있으면 언제 누구에게 올지도 모르는 메시지를 위해 내내 대기하고 있는 느낌이 드는 데 반해, 핸드폰을 거실에 두고 방으로 들어가면 그런 불안감은 잊고 자연스럽게 해야 할 일에만 온전히 집중하게 된다. 두 번째는 아주 개인적인 이유로, 내가 멀티태스킹에 매우 취약한 인간이기 때문이다. 몰입이 시작되려는 순간 진동이 울리거나 푸시 알림이 떠 집중력이 흐트러지거나 마음이 산란해져 하던 일을 잊고 삼천포로 빠져버린 경험을 여러 번 했다. 그러고 나니 특단의 조치가 필요했다.

깊은 몰입을 요하는 작업이나 집중이 필요한 일을 하려고 만든 노 와이파이존이지만 예상치 못한 효과도 얻었다. 일의 효율성이 높아진 것은 물론이고 고요한 시간이 늘어나면서 스스로와 대화하는 시간도 확보했다. 누가 뭘 했다더라, 누구는 이렇게 생각한다더라, 우리는 외부 정보에 무방비 상태로 노출되어 있지만 정작 자신

김규림

의 목소리에 귀 기울이는 시간은 많지 않다. 내가 무엇을 하고 싶고 어떤 것에 관심 있는지 적막 속에서 끊임없이 질문을 던지다 보니 자연스레 그간 하고 싶었던 창작 활동도 늘었다. 더불어 나 자신과 만나는 시간이 늘어나며 집이 심리적으로도 가장 편안한 공간으로 느껴지기 시작했다.

나는 본래 규칙에 얽매이는 걸 싫어하는 사람인데, 아이러니하게도 집에서는 끊임없이 작은 규칙들을 만들곤 한다. 인터넷 비접속 규칙이 있는 공간을 만든 것처럼 어떤 요일에는 특정 장르의 영화를 본다든지, 시간대별로 듣는 노래 장르를 정한다든지 하는 사소한 규칙들을 만든다. (물론 혼자 만든 규칙이니 자주 깨고 다시 만들기도 한다.) 이렇게 내 공간만의 질서를 세우고 지키면서 집과의 정서적 교감이 더 깊어지고, 한층 더 특별한 나만의 공간으로 느껴진다. 나다운 물건과 일상이 쌓여 나다운 집이 되고, 더 나아가 나다운 삶으로도 이어질 수 있지 않을까.

광활한 우주 가운데 내 마음 내키는 대로 다룰 수 있는 작은 공간이 있다는 것은 어찌나 신나는 일인지!

집을 재미있고 쾌적한 공간으로 만들려 노력하고 집에서의 생활을 살뜰히 챙기는 일은 더 좋은 삶을 향한 열망의 일부라는 생각이 든다. 그렇기에 오늘도 나는 집에서 다양한 실험을 하며 부지런히 일상의 변화를 꾀한다. 이 모든 과정을 통해 어제보다 오늘 조금 더 풍성해지고, 다채롭고 즐거워지길 바라는 마음이다. 집도, 나의 삶도.

어엿한
책상 생활자

집은 스스로의 세계다.

오직 자신의 힘으로 조용히 내일의 각오를 다진다.

더 나은 사람이 되기를 희망할 때

그 시작점은 언제나 집이었다.

송은정

내게도 잊지 못할 책상이 있다. 감히 궁극의 책상이라 기억되는 그 책상은 지어진 지 100년을 훌쩍 넘긴 거대한 저택의 2층 복도 끄트머리 방에 놓여 있었다. 아름다운 스테인드글라스로 층계 사이를 장식한, 걸음마다 삐그덕 세월 묵은 소리가 나던 근사한 집이었다. 하지만 저택의 규모와 상관없이 내 방은 너무도 작고 귀여워서 한눈에 세간살이 파악이 가능했다. 문을 열면 원목으로 프레임을 짠 1인용 패브릭 소파와 싱글 침대가, 그 왼편으로 3단 서랍장과 한 폭짜리 옷장이 동시에 보였다. 마지막 남은 한 귀퉁이가 궁극의 책상 차지였다.

어느 빈티지 마켓에서 우연히 보았다면 슬쩍 눈길만 준 채 지나쳤을 평범한 만듦새였다. 어느 집 주방에나 있을 법한 전기포트처럼, 언제든 그 자리에 있을 것만 같은 익숙하고 우직한 느낌. 나는 눈에 띄지 않는 그 희미한 존재감이 마음에 들었다. 책상 한가운데가 잿빛에 가깝게 벗겨진 모습마저 근사해 보였다.

그 집을 떠난 지 8년이 흘렀음에도 손바닥으로 표면을 쓰다듬을 때 느껴지던 감촉이 지금도 생생하다. 얼마나 많은 사람의 손길이 닿았다 사라졌을까. 끝끝내 밝혀지지 않을 비밀과 사연을 책상은 알고 있을 것이다.

내게도 비밀이 있었다. 그러니까 그때, 새로운 세계를 향한 호기심과 왕성한 혈기로 똘똘 뭉친 유럽의 십대들 사이에서 나는 좀 외로웠다. 그 열기의 일원이 되어 이전의 나와 다른 모습으로 살아보고 싶은 욕구만큼이나 집단 생활이 불편하고 거추장스러웠다. 시끌벅적한 거실한가운데서 캔맥주를 손에 들고 멀뚱멀뚱 서 있는 내 모습을 상상할 때면 당장 인천행 비행기 티켓을 끊어 집으로 돌아가고 싶었다. 세상에서 가장 안전한 내 방으로 돌아가 보일러를 켠 뒤 책의 서문을 읽는 척하다 스르륵 잠드는 것이다. 하지만 현실의 나는 낯선 소파 귀퉁이에 앉아 저들이 웃을 때 따라 웃고 험담에 맞장구를 치는, 숫기 없고 나이 많은 여자의 역할을 수행할 뿐이었고.

하루는 시계를 찬 오른쪽 손목에 울긋불긋 반점이 올라왔다. 난생처음 본 알레르기 반응이었다. 그 무렵 나는 수시로 거짓말을 늘어놓았다. 디스코 클럽에 가자는 제안에 두통 핑계를 대고, 빈집을 지켜야 한다며 저녁식사 초대를 거절했다. 온종일 당근을 캐고 축사를 돌본 뒤에도 마치 이제 막 잠에서 깬 것처럼 기운이 뻗치던 십대 친구들은 밤마다 모여 술을 마시거나, 실내 농구를 하거나, 승합차를 타고 시내로 우르르 몰려 나갔다. 그사이 나는 조용히 방으로 돌아왔다. 그러고서 기껏 한 일이란 그냥 존재하기였다. 몸과 마음을 덩그러니 그곳에 놓아두었다. 제게 딱 알맞은 토양과 기후를 마침내 찾아 지상에 착지하기로 결심한 식물의 씨앗처럼 나는 그 방에 완벽히 정착했다. 이제 무엇을 하면 좋을까, 궁리하고 두리번거릴 필요 없이 나는 자연스럽게 책상 앞으로 향했다.

텅 비어 있던 책상은 이내 책이 아닌 것들로 채워졌다. 한국인 친구가 남기고 간 소설책이 한 권 있었지만 펼쳐보지 않았다. 주인공이 지독하게 슬프고 고통스러운 사건에 휘말리기 때문이다. 그가 겪을 시련과 번뇌를 나란히 짊어질 배짱도 체력도 없었다. 내가 원한 건 산뜻한 무언가였다. 인스턴트 디카페인 커피와 매일 아침 구운 신선한 초코칩 쿠키, 뜨고 풀기를 반복한 실타래, 옥스팜에서 구매한 스테레오포닉스 앨범, 엘리자베스 여왕의 초상이 프린트된 로열메일 스티커 따위를 생활의 일부로 편입시켰다. 몰스킨 다이어리에 받아적어둔 주소록을 펼쳐 엽서를 쓰고, 세컨드핸드숍의 3파운드짜리 울스웨터를 껴입고서 코바늘뜨기를 연습하는 것, 지천에 핀 라벤더를 한 움큼 베어 말린 뒤 신문지에 싸서 서랍장 깊숙이 넣어두는 작은 행위들로부터 나는 즉각적인 기쁨과 안온함을 느끼곤 했다.

소박한 충족감은 북아일랜드의 끔찍한 날씨 속에서도 빛을 발했다. 사계절 내내 먹구름이 드리운 날씨 속에서 기분이 내 멱살을 붙잡고 휘두르지 못하도록 버팀목이 되어주었고, 동시에 어떤 취약함은 도무지 극복할 수 없음을 받아들이도록 했다. 노크하는 친구조차 없던 그 방에서 정성껏 우려낸 밀크티를 마시며 멍하니 앉아 있을 때, 문밖의 진짜 사람들과 만나 대화를 나누는 대신 페이스북에 접속해 서울의 친구들과 메시지를 주고받던 순간 나는 외롭다고 느꼈다.

그때 알았다. 누구도 찾지 않는 방에 홀로 남은 사람이 생각해낼 수 있는 가장 생산적인 행위가 무엇인지. 그것은 쓰는 일이었다. 그리고 놀랍게도 자신을 향한 의심과 연민을 연료 삼아 쓴 비밀 일기는 훗날 내 이름을 단 첫 단행본으로 출간되기까지 했다. 이 모든 게 궁극의 책상에서 벌어진 일이다.

＊

살면서 수많은 책상이 내 인생에 잠시 등장했다가 소리 없이 사라졌다. 집주인으로부터 물려받은 책상, 옵션에 포함된 책상, 함께 살게 된 동거인의 책상……. 내 돈으

송은정

로 산 최초의 책상은 대구 칠성시장 중고 가구점에서 산 것이었다. 타 지역 출신의 과 선배가 역시나 지방에서 온 신입생 몇을 데리고 간 그곳에서, 나도 살림 밑천을 장만했다. 소형 냉장고와 세탁기 같은 가전제품들. 번듯한 시작은 아니었지만 마음만큼은 번듯한 어른이 된 기분으로 버스에 올라탔던 기억이 난다. 창 너머로 따뜻한 공기가 드나들던 3월의 초입이었다.

사실 지난날의 책상들에 대해선 기억이 흐릿하다. 고만고만한 제품 사양을 공유하는 무늬목 책상들이 하나의 이미지로 뭉뚱그려져 있기 때문이다. 하지만 책상에서 보낸 무수한 낮과 밤에 관해서라면 어렴풋이나마 떠올릴 수 있다. 숟가락 젓가락이 오가던 자리에서 이력서를 작성하고 빨래를 개키고 눈물의 이별편지를 썼던 시간들. 이제 와 돌이켜보면 먹고사는 데 필요한 크고 작은 결심들이 책상에서 이루어졌다 해도 과언이 아니다.

반대로 인생의 어떤 구간에서는 책상 없이 살기도 했다. 나의 열한 번째 집은 거실과 부엌, 화장실을 공유하는 여성 전용 셰어하우스였다. 40평대 빌라의 방 세 개 중 가장 넓은 안방을 나와 북아일랜드에서 만난 K가 계약했다. 그 방은 기능적으로 두 사람이 살기에 적당한 크기였지만 다 큰 성인 둘이 함께 쓰기엔 확실히 불편했다. 유일한 사적 공간이라곤 위아래로 나뉜 2층 침대가 전부였으니까. 더구나 집주인이 말한 풀옵션 가구 중에는 책상이 포함되어 있지 않았다. 대신 그 자리를 거울 달린 화장대가 차지했다. 나는 급한 대로 침대 한쪽에 자리를 마련한 뒤 귀중품과 책을 쌓아두었다. 집 근처 화원을 오가며 점찍어두었던 작은 선인장은 포기할 수밖에 없었다. 실망이 컸지만 책상 없이도 그럭저럭 돌아가는 일상에 나는 금방 익숙해졌다. 마치 늘 그래왔던 것처럼 저렴한 접이식 테이블을 펼쳐 밥을 먹고 양말을 개키며 생활을 유지했다. 건실한 미래를 계획하는 것도 잊지 않았음은 물론이다.

그리고 시간은 무심히 흘러 어느덧 열네 번째 집에서 이 글을 쓴다. 건실한 미래는 도래하지 않았다. 그저 책상과 무관하지 않은 인생을 살고 있을 뿐이다.

최근 몇 년간은 하루의 대부분을 책상에서 보냈다. 침대나 방바닥에 누워서도 쓸 수 있지만, 집필을 직업으로 삼고 있는 사람이라면 적당한 책상과 의자를 구비한 뒤 그 자리에서 글을 쓰기 마련이다. 허리디스크와 척추협착은 물론 엉덩이 기억상실증으로 고통받는 업계 동료의 소식이 남일 같지가 않다.

송은정

건강 문제가 아니더라도 작가라면 누구나 멋진 책상 하나쯤은 갖고 싶어 하지 않을까. 내게도 그런 로망이 있다. 대문호의 작업실과 책상을 주제로 한 책을 찾아 읽으며 대리만족을 느낀 적도 있다. 그중 초상 사진가 질 크레멘츠가 흑백사진으로 포착한 몇몇 장면은 부러움과 경탄을 넘어 시샘이 날 정도였다. 콩깍지가 어찌나 단단히 씌었는지 어지럽게 쌓인 책과 종이더미의 틈바구니에 앉아 있는 모습이 마치 카리브해의 어느 휴양지인 것처럼 보였다. 맨발에 파자마 차림으로 의자에 쭈그려 앉아 글을 쓰는 커트 보니것은 또 얼마나 사랑스럽던지.

나의 하루도 이와 닮았기를 내심 소망했다. 여기에 소설가 버나드 맬러머드가 말한 "시간을 훔치지 말고 시간을 만들어가며 소설을 써내는 것이 비결이다." 같은 소리를 진실되게 할 수 있다면 더욱 기쁠 것이고. 대개 나는 미루고 미루다 결국은 시간에 쫓기는 신세가 된 도망자의 심정으로 글을 쓴다.

작업은 주로 집에서 이루어졌다. 그 어느 곳도 아닌 집에서 쓸 때 나는 드물게 겸손해진다. 택배 박스에 붙은 테이프를 꾸역꾸역 제거하고 빈 병에 쌀뜨물을 알뜰하게 모아 담을 때, 찌개 국물이 튄 흰 티셔츠를 스스럼없이 입고 있을 때 직업인으로서의 자아는 온데간데없이 작아지고 생활인의 분투와 모순을 가식 없이 바라보게 된다.

나와 달리 카페나 작업실을 오가며 글을 쓰는 작가들도 있다. 『글쓰는 여자의 공간』이라는 책에서 캐서린 앤 포터는 여성 작가에게 가장 필요한 조건이 무엇이냐는 질문에 이렇게 답한다. "아, 그건 제가 뭐라고 말할 수 없어요. 다분히 개인적인 문제거든요. 사람마다 각기 다른 조건이 필요하겠죠." 그는 1890년생이다. 1986년에 태어나 21세기를 살아가는 나는 그의 말에 굵은 밑줄을 긋는다. 느낌표도 친다.

내 주변에도 각기 다른 환경 속에서 부단히 글을 쓰는 여자 친구들이 있다. 여러 정체성 중 하나가 작가인 친구, 육아와 집필을 병행하는 친구, 육아와 집필과 직장 생활을 동시에 해내는 친구. 비혼을 선택하거나 반려동물과 함께 살아가며 자신의 삶을 똑부러지게 책임지는 친구도 적지 않다. 우리는 모두 다른 삶을 살고 있지만 글을 쓰는 순간만큼은 절대적으로 혼자라는 사실을 알고 있다. 누구도 대신할 수 없음을 깨끗이 인정하고 묵묵히 쓰기로 결심한 사람들이다.

개인적인 문제들로 저마다 투쟁을 벌이고 있을 때 나는 내 영역과 시간을 비교적 편리하게 확보할 수 있는

송은정

편이었다. 회사로 출근한 남편이 돌아오기 전까지 부엌 식탁과 거실을 오가며 글을 썼다. 이때의 집은 누구도 침범할 수 없는 사적인 장소이다. 이곳에서 나는 나 자신 외엔 무엇도 상관하지 않을 수 있는 시간을 확보할 수 있다. 다만 조건이 있다. 돌봄을 받지 못한 집은 서서히 물러가는 한여름의 복숭아처럼 빛을 잃기 마련이라는 사실을 잊어선 안 된다. 분리수거와 화장실 바닥의 줄눈 청소 또한 잊지 말아야 한다. 시시때때 달려드는 우리집 맹수, 작은 고양이의 사냥감이 되어주어야 하는 것은 물론이고.

　그러다 가끔 마음이 시들해질 때면, 식사를 마친 식탁에 그대로 앉아 글을 썼다던 제인 오스틴의 뒷모습을 나와 가만히 겹쳐보곤 했다. 예술이 밥을 먹여주진 않더라도 먹고사는 일과 결코 무관하지 않다는 사실을 깨닫게 해주는 그의 일상성이 산산한 위로가 됐다. 얼마 전 읽은 박완서 선생님의 이야기 역시 기억하고 있다. 머리맡에 둔 알맞은 촉광의 전기 스탠드 아래에서 남편의 코 고는 소리를 들으며 소설을 썼다던 즐거운 고백을. "양말 깁기나 뜨개질만큼도 실용성이 없고, 철저하게 이기적인 나만의 일"을 계속해나가는 사람의 이야기는 몇 번이고 반복해서 들어도 지겹지 않다.

지난해 여름 장장 7년 만에 다시 회사원이 되었다. 전업주부도 전업작가도 아닌 성실한 생활인이 되고 싶었던 나는 제 발로 쳇바퀴에 올라타는 모험을 저질렀다. 사실 나는 내가 잘 해낼 줄 알고 있었다. 자타공인 프로 적응러로서 모두가 놀랄 만큼 스무스하게 조직의 일원으로 스며든 것이다. 면접에서 본인의 장점을 설명해보라는 질문에 "어느 곳을 가든 여기서 3년쯤 일한 사람처럼 보인다는 말을 듣는다."고 했던 답변은 입사 한 달 만에 사실로 판명됐다.

　오히려 문제는 회사 바깥에 있었다. 첫 출근을 마치고 돌아온 밤, 나는 혼란에 빠졌다. 깨끗이 씻고 파자마로 갈아입은 뒤에도 좀처럼 편안히 쉬지 못했다. 괜히 어슬렁거리며 남편이 집 안 곳곳에 늘어놓은 흔적들을 흘깃흘깃 바라보다 결국엔 마음이 싱숭생숭해지고 말았다. 도무지 정체를 알 수 없는 기분. 그때 문득 우리집 작은 맹수가 내 시야에 들어왔다. 어수선한 거실 한가운데 놓인 직사각형 박스에 몸을 욱여넣은 채 졸고 있는 고양이. 마치 세상에서 가장 안전한 장소에 머물러 있는 듯, 그 작은 세계 안에서 인간 구경을 즐기는 듯한 고양이를 물끄러미 바라보다 비로소 내가 잃은 것이 무엇인지 불현듯 알아차렸다.

송은정

한마디로 나는 영역 잃은 고양이 신세였다. 맘 편히 숨을 안식처도, 간식을 숨길 비밀기지도 없는 가엾은 맹수. 뒤늦게 깨달았다. 해가 저문 시각의 집은 누구든 원할 때 벌컥 문을 열고 들어올 수 있는 장소와 다름없음을. 어쩌면 '자기만의 방'이 될 수도 있었을 공간은 두 사람분의 옷과 책, 온갖 잡동사니를 보관하는 것 외에 기능을 상실한 지 오래였다. 오직 자기 자신으로 존재할 수 있는 순간이라곤 화장실로 들어가 빈 벽을 마주하거나, 이불 안으로 조용히 몸을 파묻을 때뿐이다.

나는 섣불리 절망하는 대신 상상력을 발휘하기로 했다. 철저하게 이기적인 나만의 일을 계속하기 위해 남편의 코골이 또한 기꺼이 받아들일 준비를 마쳤다. 그러기 위해선 약간의 눈속임이 필요했다. 취향의 물건으로 파티션을 치고, 화분으로 보이지 않는 경계선을 긋는 일. 작은 리추얼 역시 느슨한 상상의 세계를 견고하게 만드는 데 도움이 됐다.

일단은 따뜻한 보리차를 주전자 가득 팔팔 끓이는 것부터가 시작이다. 식탁에 앉아 보리차를 가득 채운 머그잔과 한창 싹이 움트는 고사리 화분을 나란히 놓아둔다. 기지개를 펴는 연둣빛은 내일의 다른 이름이기도 하니까. 공간을 정화시키는 스머지 스틱이나 향을 피워도 좋겠지만 그랬다간 작은 맹수가 눈물범벅으로 화를 낼 게 분명하므로, 요가 시퀀스의 마지막 동작인 '사바아사 나' 아로마 오일을 관자놀이에 살금살금 문지른다. 사바 아사나의 우리말 이름은 송장 자세. 지금부터 자신과의 독대를 시작하겠다는 신호를 몸에 흘려보낸다. 결코 소홀 히 할 수 없는 순정한 기쁨의 순간이다.

내친김에 침대맡에 두었던 돌 조각도 식탁으로 옮 겨볼까. 팔로 얼굴을 괴고 누운 채 낮잠 자는 모습이 영 락없는 상팔자여서 보자마자 단숨에 마음을 뺏긴 조각이 다. 어느 인터뷰에서 문태준 시인은 책상 위에 레몬이나 생화, 돌을 두고 그 정물들에 마음을 입힌다고 했다. 흰 종이에 마음을 입히듯 정물에 표정을 입히고 이따금 말 을 붙인다고. 그 뒤로 나는 굴러다니는 돌은 물론이고 산 수유 열매, 소인이 찍힌 우표 따위를 주워다가 회사 책상 과 집 곳곳에 올려둔다. 마음이 입혀졌는지는 알 수 없으 나 그 앞을 지나치거나 무심코 눈이 마주칠 때마다 멈칫 하게 되는 순간들이 내게 괜찮다고 말해주었다. 이제 그 만 버릴 때가 되지 않았나 싶다가도 어쩐지 이 지루한 레 이스를 무사히 완주할 수 있도록 돕는 부적 같아서 나는 그것들을 손에 꼭 쥐고 놓지 않는다. 이러다 10년쯤 뒤엔

수집벽 있는 사람으로 〈순간포착 세상에 이런 일이〉에 출연하고 있는 게 아닐까.

　　나의 상상력은 아직 너무도 얕고 연약해서 생활이라는 강력한 힘에 쉽게 영향받는다. 눈치 빠른 남편이 텔레비전 음량을 '1'에 맞추고 자신의 존재를 지우려 애쓰지만 그리 큰 도움은 되지 않는다. 때문에 싱크대 앞에 매트를 깔고 요가 수련을 하는 동안 내 마음가짐은 사랑과 평화가 아닌 '그러거나 말거나'의 정신에 가깝다. 하수구 배관을 따라 흐르는 물소리, 남자 개그맨의 낄낄대는 웃음, 매트 위를 활보하는 고양이의 위풍당당한 기세가 뒤섞인 혼란 속에서 그러거나 말거나 도도하게 내 할 일을 마무리하는 것이다.

　　남편은 텔레비전을 보다가 스르륵 잠드는 것을 좋아하는 이상한 고집이 있는데 그때마다 나는 소파에 가로누운 남편 옆에 굳이 붙어 앉아 역시나 그러거나 말거나의 마음으로 책을 펼친다. 그리고서 조용히 스탠드 조명을 켜면, 멕시코시티로 향하는 어둑한 기내에서 유일하게 깨어 있는 탑승객이 된 기분이 든다. 나는 고독하게 페이지를 넘긴다. 상상력이란 참으로 멋지지 않은가.

집은 스스로의 세계다. 스스로 밥을 지어 먹으며 체력을 비축하고, 스스로 자리에서 일어나 누구도 신경 쓰지 않는 정리 정돈에 심혈을 기울인다. 오직 자신의 힘으로 조용히 내일의 각오를 다진다. 더 나은 사람이 되기를 희망할 때 그 시작점은 언제나 집이었다.

빈 종이 위에 집이라는 단어를 크게 써본다. 내가 사랑하는 것들이 자연히 떠오른다. 오늘 하루를 고요히 응시할 수 있는 잠시간의 여백과 허무맹랑한 꿈, 약간의 백색소음 그리고 아무도 궁금해하지 않는 비밀 같은 것들이. 어느 책상에 앉아 그 비밀을 정성스럽게 써나가는 나의 뒷모습을 상상하기란 그리 어려운 일이 아니다.

최근 사고 싶은 가구가 생겼다. 월넛으로 짠 고가의 원형 식탁이다. 수년간 이케아 카탈로그에 의지하며 차선의 선택을 내려온 우리는 쉽사리 결정하지 못했다. 평생을 함께할 반려 가구라는 사뭇 상징적이면서도 합리적인 계산과 "이 식탁에서 수많은 명문장이 탄생했습니다." 하고

송은정

자랑스레 떠벌릴 약간의 허영만으로는 충분히 납득되지 않았던 것이다. 아직 멀쩡히 기능하는 식탁을 굳이 새것으로 교체해야 하는가 하는 가장 기본적인 의문에서부터 마땅한 답을 찾지 못한 상태였다. 그러다 문득 8년 전 내 인생에 느닷없이 등장한 궁극의 책상이 떠올랐다. 동시에 그 책상에서 쓴, 대나무숲에 고함을 지르듯 성글게 쓴 일기로부터 비롯된 각별한 기억들이 주머니 속 금화처럼 우수수 쏟아져 나왔다.

그러자 갑자기 돈을 쓸 용기가 생겨났다. 책상과 무관하지 않은 인생을 살고 있는 어엿한 책상 생활자로서, 멋진 책상과 함께 멋지게 나이 들어야겠다는 건실한 계획이 떠오른 것이다. 아마도 그때쯤엔 "시간을 훔치지 말고 시간을 만들어가며 소설을 써내는 것이 비결이다." 같은 소리를 진실되게 할 수 있을지도 모르겠다. 🪑

나만의 공간에서
나만의 드라마

세상이 때로 너무 잔인할 때 나는 집으로 도망친다.

집에서 도망치고 싶을 때도 있다.

떠날 곳도, 돌아올 곳도 결국 집이다.

이곳이 있기에 내가 있다.

봉 현

혼자 산 지 15년이 넘었다. 어떻게 살았는지 모르겠다. 어디서부터 시작이었는지, 어떻게 지나왔는지 글로든 말로든 이야기할 수 없는 너무 길고 어려운 시간들이었다. 지금까지 혼자 살고 있음에 문득문득 놀라곤 한다.

지금 나의 집은 햇살이 잘 들어오는 오래된 아파트의 5층 투룸이다. 작은 침실과 작업방이 있고, 그 사이에 부엌과 거실이 있다. 내 생에 가장 큰 집이고 가장 많은 물건들을 가졌다. 내게 필요한 것과 필요하지 않은 것들에 둘러싸여 그것들을 지키기 위해 살아간다. 집과 물건들이 나의 시간을 만들고, 그것들이 내가 된다.

드러나는 이야기는 언제나 중요한 사건과 결과다. 주인공은 늘 진행되는 스토리 속에서만 살고 있다. 대수롭지 않은 시간과 반복되는 일상은 훌쩍 건너뛴다. 애초에 존재하지 않았던 것처럼. 하지만 삶의 대부분은 그런 시간이다. 법정 드라마든 로맨틱 코미디든 각본에 한 줄의 자리조차 내어주지 않을, 기록되지도 기억되지도 않을 시간의 축적이 삶의 대부분을 구성한다. 대단한 목적이 있든 원대한 꿈을 꾸든, 일단 제쳐두고 그저 묵묵히 해야 하는 것들이 있다. 빨래를 돌리고, 먼지를 닦고, 옷을 개고, 화분에 물을 주는 따위의 일. 집과 나를 돌보는 일. 두 개의 방과 하나의 거실로 이루어진 집에서 나 혼

나만의 공간에서 나만의 드라마

자만의 길고 지루한 드라마가 계속 이어진다. 이 공간을 번갈아 돌아다니며 걷고, 먹고, 자고, 일하고, 웃고, 울고, 쉰다. 집에서는 모든 것을 할 수 있고, 아무것도 하지 않을 수 있다. 희망을 느끼는 날도, 좌절하는 날도 집이었다. 집이 낡아가고 바래가는 것을 느낄 때마다 나도 나이를 먹고 있음을 느낀다.

당연한 것들을 당연하게 생각하지 않아야 한다. 이미 가진 것을 내버려두지 않고 지켜내려고 애쓰는 동시에, 잊어야 할 것은 포기하고 내버릴 수 있는 사람이고 싶다. 사람과 사랑, 추억, 성취를 비롯해 집 또한 그런 존재 같다.

의미없는 순간에 의미를 부여하는 마음이 가장 드라마틱한 것일지도 모른다고 생각하며, 오늘도 나의 집에서 나만의 오늘을 산다. 계속 반복되는 하루이기를. 별일 없이, 아픔 없이, 흔들림 없이. 매일매일 같은 각오로 살 수 있기를.

새벽, 작은 책상에서 글쓰기

새벽 5시 30분, 아직 해는 뜨지 않았다. 달라진 것은 그

봉현

저 숫자뿐. 눈을 비비며 침대에서 몸을 일으키고 잠옷을 한 겹 더 겹쳐 입는다. 베개를 정리하고, 이불을 펴서 침대를 정돈한다. 그래야 다시 이불 속으로 슬금슬금 기어들어가지 않는다. 침실을 나와 부엌에서 물을 끓이고, 바로 작업방으로 들어가 열은 조명만을 켠다. 작업방 한켠에는 낮은 좌식 책상과 1인용 좌식 소파가 놓여 있다. 눈을 반쯤 겨우 뜬 채로 커피 원두와 드리퍼를 챙겨 그곳에 앉는다.

커피를 내리면서 잠을 깬다. 카페인으로 정신을 차릴 목적이기도 하지만, 커피를 내리는 그 행위 자체가 의식처럼 되어버렸다. 뜨거운 물을 곱게 갈린 원두 위로 부으면, 원두가 천천히 부풀어 올랐다가 다시 가라앉으면서 향이 피어오른다. 머그컵에 내려진 커피는 때로는 진하고, 때로는 연하다. 그날의 컨디션에 따라 달라진다. 일어나기 힘든 날에는 물을 천천히 내리다 보니 진하게 내려지고, 물을 왕창 부어 푸어오버로 내리면 커피색 물 같은 것이 생성된다. 카페에 갈 때마다 커피 맛을 까다롭게 따지는 사람이지만, 내가 내리는 아침의 커피는 솔직히 맛이 없다. 새벽의 커피 내리기는 그걸 마시기 위해서라기보다 커피를 내리며 하루를 시작하는 그 행위, 그 자체가 필요할 뿐.

차를 마시는 날도 있다. 서울의 달, 우주의 은하수, 비포 선셋 같은 이름에 끌려 마시기도 하고 보이차나 숙차 등 그날의 마음에 와닿는 것을 고르기도 한다. (보이차는 세 달 정도 먹으면 한 달의 휴식기를 가져야 한다.) 티 워머 위 따뜻한 차의 색은 어떤 색이어도 나에겐 새벽의 색이다. 작은 찻잔에 계속 따뜻한 차를 부어 조금씩 마신다.

그렇게 차나 커피를 옆에 두고 노트북을 켜서 글을 쓴다. 오전에는 글을 쓰고 오후에는 그림을 그린다. 그림을 그리는 일과 글을 쓰는 일, 두 가지 직업을 병행하기 위해 택한 나의 루틴이다. 똑같은 작업방에 있지만, 큰 책상에서는 그림을 그리고 글은 작은 책상에서 쓰기로 정해두었더니 각자의 자리에서 정확하게 그 일에만 집중할 수 있게 되었다. 오전에 쓴 글은 주로 과하지 않은 감정 상태를 유지한다. 해가 뜨기 전에 일어나 밖이 천천히 밝아지는 것을 느끼는 게 좋다. 뮤즈가 오기를 막연히 기다리지 말고 내가 약속 시간을 지키면 뮤즈는 어김없이 그 시간에 찾아와준다. 나는 아직도 그 말을 굳게 믿는다. 그렇게 새벽 글쓰기를 한 지 어느덧 3년이 넘었다.

타다다닥 키보드를 신나게 두드리며 술술 써나가는 짜릿한 날도 있지만 한 줄도 제대로 쓰지 못하는 날들이 더 많다. 그래도 6시부터 12시까지, 약속한 시간 동안

봉현

은 어떻게든 꾸역꾸역 앉아 있으려고 한다. 글은 엉덩이로 쓰는 거라고 누가 그랬던가. 허리도 함께 쓰고 손가락도 함께 쓴다. 여튼 몸을 바쳐 뭐라도 쓴다.

오전 글쓰기를 끝내면 낮잠을 잔다. 하얀색 암막커튼이 드리워진 침실은 온통 하얀색이다. 햇살도 조명도 따뜻하게 내려앉았다. 하루 중 이 시간을 제일 좋아하는데, 바삭바삭한 흰 이불이나 보드라운 베이지색 이불로 갈아둔 날이면 더욱 그렇다. 낮잠은 지난밤에 부족했던 수면을 채우려는 목적이기도 하지만, 어지러운 머릿속을 멈추거나 자꾸만 커지는 불안감과 불행한 생각의 실타래를 끊어내기 위해서이기도 하다. 하루의 중간을 잠시 잘라 생각도 함께 끊어낸다. 그러나 너무 깊지 않게, 길지 않게. 30분에서 한 시간 정도 잠시 전원을 끄고 잠이 든다. 하루를 두 번 사는 기분으로, 혹은 지친 삶을 잠시 멈추듯.

밤, 나의 일터

오후 5시, 작업방에 들어서자마자 책상으로 직진, 의자에 바로 앉아 일단 컴퓨터 전원을 켠다. 메일을 확인하고 일정을 정리하고, 음악을 틀고, 그림을 그린다. 돈을 받는 일이건 개인 작업이건, 무엇이든 조금이라도 매일 그린다. 프리랜서로 계속 살아가려면, 직장인만큼 돈을 벌고 싶다면, 매일매일 일정한 시간 일을 해야 한다. 그래야 나도 백수가 아닌 직업이 있는 사람이라며 당당해질 수 있다. 일하지 않고는 이 집에서 살 수 없음을 잊지 말아야 한다.

무엇을 쓰고 그려야 할지 막막할 때면 모아둔 종이들을 하나씩 들여다본다. 책장의 책들을 뒤적이고, 캐비닛에 모아둔 그림들을 다시 꺼내본다. 스쳐 지나갔던 단어와 색들이 손을 들고 나에게 말을 건다. 그러면 용기를 내서 아주 작은 동그라미와 의미 없는 선, 하나의 단어부터 시작할 수 있다. 백지는 비어 있기에 무한한 가능성을 지녔다. 텅 빈 해변에서 고사리 같은 손으로 작은 모래성을 쌓는 어린아이의 마음으로, 어딘가에서 파도가 밀려와 눈부시게 반짝이는 바다를 볼 수 있기를 바라면서.

일러스트레이터로 산 지 어느덧 8년 차. 네 권의 에세이를 냈고 셀 수 없을 만큼 많은 그림을 그렸다. 갑작스러운 변화나 운명처럼 찾아온 기회 같은 것은 없었다. 고시원에서 시작해 반지하, 옥탑방을 거쳐 조금씩 집이 쾌적해진 것처럼 내 삶도 아주 천천히, 완만한 그래프를 그리며 나아졌다. 가끔 집을 둘러보면 나를 둘러싼 모든 것이 신기하다. 이 모든 게 온전히 나 스스로 채우고 지킨 것이라니. 나 참 기특하다. 열심히도 살았네.

혼자 일하고 혼자 사는 사람은 매일매일을 쪼개어 살아야 한다. 자신만의 규칙과 방식을 정해놓지 않으면 쉽게 무너진다. 잘하고 있는지 판단할 길이 없어 자주 흔들리고, 매달 지불해야 할 돈에 비해 부족한 수입을 마주할 때마다 불안함에 떤다. 앞으로 아무것도 만들어낼 수 없을 것 같은 공허함을 느끼지 않으려고 부단히 애를 쓴다. 나의 정체성은 여전히 모르겠다. 인간 자체에 대한 철학적인 질문은 접어두고 직업만으로 나를 나타내기에도 '그림을 그리는' '글을 쓰는' 사람, '작가'라는 소개…… 그 무엇도 명확히 나를 지칭하기에는 과하거나 부족한 표현 같다. 하지만 무엇이든 어떠랴, 꾸준히 지속하다 보면 뭐라도 되겠지. 아무것도 아니면 또 어떤가, 뭐든 하고 있음이 분명한데.

1. 마감 일정은 반드시 지킬 것.
2. 클라이언트의 요구에 최대한 맞추는 동시에 '내 결과물'의 만족도를 유지할 것.

3. 집과 복장의 청결, 식사는 꼭 챙길 것.

4. 피곤해도 작업 책상과 일정 계획을 꼭 정리하고 하루 업무를 끝낼 것.

5. 어떻게든 최선을 다할 것.

집에서 일하는 나의 5원칙이다. 마감은 매우 중요하다. 그것은 신뢰고, 믿음이다. 나에게 돈을 주는 사람에게 지켜야 할 최소한의 예의. 일을 원활하게 하려면 정해진 타임라인에 따라야 하고 그래야 전체 기획들이 엉키지 않는다. 하지만 솔직히 가끔 나도 마감에 늦는다. 간혹 욕심나게 하는 흥미로운 작업들이 그렇다. 퀄리티가 조금 부족해도 마감을 지키는 것이 먼저인지, 마감보다 작업의 완성도가 중요한지는 아직도 잘 모르겠다. 완벽한 작업물을 정해진 마감 안에 완성해내는 것이 물론 최고겠지만, 나는 하루키도 반 고흐도 아니라서⋯⋯. 이것도 배우고 성장하는 과정일 것이다. 함께 일하는 사람들을 믿고, 나는 그저 나의 최선을 행하려 한다.

간혹, 정말 '돈을 벌기 위해서' 하는 일들도 있다. 언제나 흥미롭고 멋진 일만 할 수는 없다. 하지만 돈 때문에 아무 관심도 없는 것을 무념무상 그리면서 문득 '내

봉현

가 지금 뭘 그리고 있는 건가?' 싶은 순간이 오기도 한다. 그럴 때는 이렇게 되뇐다. '이건 노동이다, 나는 창작자이기도 하지만 노동자다. 정당한 대가를 받고 정확한 결과물을 만들어내야 한다.' 모든 걸 충족할 수는 없다. 삶은 보통 그렇게 동전의 양면처럼 좋은 것과 싫은 것이 공존하고, 행복과 불행이 번갈아들며 나를 시험한다.

직업으로 그림을 그리게 되면 자주 밤을 새운다. 한참 바쁠 때는 책상 앞에서 매일 열여덟 시간씩, 사흘 내내 샌드위치와 주스로 끼니를 때우며 일하기도 했다. 샤워도 못하고 청소도 못하고, 나와 집은 점점 엉망이 되어간다. 일을 끝내고 휴식을 취하고 나서야 집을 살필 수 있다. 하지만 적당한 리듬으로 일할 여유가 있을 때는 두 시간 정도 앉아 있다가 잠시 일어나 간단한 설거지를 하고, 다시 작업을 시작하면 또 몇 시간 후에 일어나서 잠시 빨래를 개고, 또 다음엔 청소기를 밀고…… 그런 식으로 일의 틈새에 생활을 끼워 넣는다. 환경을 쾌적하게 유지하는 데도 좋지만, 정신적인 환기와 몸의 리프레시에도 꽤 도움이 된다. 인간관계에 적당한 거리가 필요하듯, 나의 일상에도 적당한 리듬을 줘야 한다.

또한 물을 자주 마시고, 영양제를 챙겨 먹고, 군것질을 한다. 휴식처인 집을 직장으로 두었기에, 출근 시간도 퇴근 시간도 정해져 있지 않기에, 지치지 않으면서 늘어지지 않으려면 중간중간 회피할 수 있는 것들을 장만해둬야 버틸 수 있다. 나를 등 떠미는 것도, 나를 일으켜 세우고 돌보는 것도 모두 나다.

급한 마감이 없다면 밤 12시 전에는 작업을 끝낸다. 조금 아쉬워도 다음 날의 루틴을 위해 모든 프로그램을 끄고, 잠시 조용한 음악을 틀어두고 다이어리를 적는다. 오늘 한 일, 오늘의 루틴, 일어난 시간과 잠드는 시간, 이번 주 일정과 당장 내일 반드시 해야 할 일들까지 모두 손으로 적는다. 휴대폰 달력에 정리해두는 것과는 전혀 다르다. 펜으로 한 자 한 자 눌러써서 그 일과를 기억하고 떠올리는 것부터가 준비운동 같은 것.

밤을 길게 두면 외로워진다. 아침의 마음을 기억하며 살아야 한다. 밤의 시간을 최소화하고, 아침을 길게 살아야 한다. 무엇보다 가장 중요한 것은 최선을 다하는 것. 대충하지 않지만 너무 무리하지 않고, 내가 할 수 있는 만큼 최대한으로 하되 할 수 없는 부분에는 욕심내지 않으며, 그 경계를 지켜 시작하고 마무리를 지을 줄 아는 것이다. 늘어진 잠옷을 입고 떡진 머리를 한 채 일을 하고 있지만, 나는 분명 프로페셔널한 직업인임을 상기하

봉현

며 일에 매진한다. 앞으로 10년, 20년, 30년…… 계속 나의 일을 지켜나갈 수 있도록. 꾸준히 최선을 다하면서 나의 자리, 나의 직장, 이곳에서 오랫동안 일하고 싶다.

취향으로 채우는 집의 구석구석

부엌 찬장에는 하얀색 소형 가전들이 나란히 진열되어 있다. 내가 하얀색을 좋아한다는 것을 살면 살수록 확신한다. 파란색이나 회색을 좋아하겠다고 굳이 결심했던 적도 있는데, 어느새 내 주위는 온통 따뜻한 흰색과 베이지색으로 채워져 있었다. 시크하거나 컬러풀한 예술가를 동경했으나 나는 아니었고, 이런 것들이 더 잘 어울림을 이제는 인정한다. 흰색 벽의 집에 흰색 찬장, 흰색 전기포트, 흰색 믹서기, 흰색 밥솥, 흰색 토스터…… 에어프라이어도 흰색이다. 모두 잘 사용하고 있는, 실용적이면서 단정한 물건들.

　냉장고에는 새벽배송으로 받아 넣어둔 채소와 두부가 있고, 냉동실에도 에어프라이어용 음식들이 가득하다. 하지만 오늘은 왠지 여행을 가고 싶은 날이다. 여행지에서 좋아하는 순간 중 하나가 아침에 일어나서 먹는

호텔 조식인데, 여행을 갈 수 없는 요즘은 아쉬운 대로 집에서 호텔식 아침식사를 차려 먹는다. 패스트리 식빵을 하나 굽고, 오믈렛에 치즈를 조금, 파슬리를 조금 뿌려 노랗게 부쳐낸다. 버터 한 포션과 블루베리 잼을 그릇에 담고, 아침에 내려두고 남은 커피와 함께 먹는다. 가끔은 사과나 토마토를 곁들여 먹기도 한다. 버터향이 가득한 식빵에 또 버터를 겹겹이 올린다. 버터는 정말 너무 맛있다. 에어프라이어를 사고 나선 생지를 사다가 갓 구운 크루아상도 즐겨 먹는다.

집에서 여행하는 기분을 느낄 수밖에 없는 이 현실이 슬프고 아쉽지만, 어쩔 수 없음을 받아들였다. 1년에 3개월 이상은 해외에 나가 있던 나로서는 처음 닥쳐온 이 상황이 너무 끔찍했다. 숨이 막히는 기분이 들 정도로 답답했다. 하지만 당분간 떠날 수 없음을 결국 인정하고서는, 어떻게든 내 마음을 달래기 위해 집 곳곳에 내가 좋아하는 순간들을 채워 넣는다. 예쁜 그릇에 버터향 가득한 토스트를 올려 먹고, 새로운 원두를 맛보면서 '파리 노천카페의 오후' 같은 음악을 듣고, 동네 꽃가게에서 낯선 꽃을 사 와 화병에 꽂는다. 떠나고 싶은 마음을 눌러두고, 집에서 재현할 수 있는 작은 여정을, 소소한 기쁨을 누리는 것이다.

봉현

침실의 낮과 밤

캐비닛을 열어 개어놓은 잠옷을 꺼내 갈아입었다. 침실의 하얀색 캐비닛을 열면 비누향이 난다. 여러 종류의 이불과 베개 커버, 계절별 색깔별로 갖춰진 잠옷. 오늘은 베이지색 원피스 잠옷으로 선택했다. 어제 바꾼 침구가 베이지와 갈색 줄무늬니까.

사흘 정도 입었던 회색 파자마와 남색 슬리퍼를 세탁바구니에 넣고, 흰색 빨랫감만 분류해 세탁기를 돌린다. 세제는 그냥 흔하고 유명한 것으로 쓰지만, 섬유 유연제는 여덟 번 정도 바꾸다가 지금 세 통째 쓰고 있는 것으로 정착했다. 아기옷용인데도 향이 오래 유지되고, 내가 딱 좋아하는 정도의 따뜻한 비누향이 남는다.

세탁기가 돌아가는 동안 설거지를 하거나 청소기를 돌린다. 청소를 끝내고 깨끗한 집을 만끽하고 있으면 띠로롱 하고 빨래가 다 되었다는 반가운 알람이 들린다. 빨래를 너는 것도 좋아하지만, 빨래를 개는 것도 너무너무 좋다. 티브이를 보면서 수건의 끝을 맞추어 똑같은 모양으로 개고, 옷에 밴 비누 향기를 맡는 그 순간이 나의 힐링 포인트다. 건조대에 커다란 이불 빨래 따위를 널어놓으면 하루종일 집에서 세제 향이 나는데, 집 전체가 비누방울에 둘러싸인 것 같다.

침대는 여러 얼굴을 지녔다. 가장 편안하고 고요한 쉼의 자리이기도 하지만, 가장 무기력한 나로 무너지고 마는 곳이기도 하다. 아무도 신경 쓰지 않아도 되고, 아무것도 숨기지 않는 모습으로 있을 수 있는 곳.

집을 떠났을 때 가장 그리운 것은 나의 침대였다. 낯선 여행지에서 낯선 이불로 나를 보호하고 긴장을 풀지 못한 상태로 짧은 휴식만을 취해야 할 때, 마음 놓고 하염없이 녹아들 수 있는 나의 침대로 돌아가고 싶었다.

지친 몸을 누일 곳이 필요하기에 우리는 집에서 산다. 일을 하고 밥을 먹고 많은 것을 하지만, 사실 맘 편히 잠을 잘 수 있는 곳이어야만 집이 아닐까. 도망치고 싶을 때 가장 가까운 도피처는 침실이었고, 사랑할 때 가장 완벽한 안식처 또한 침대였다. 침대는 연인과의 은밀한 공간이었다가, 나의 슬픈 동굴이 되었다가, 세상에서 가장 편안하고 안전한 쉼터가 되기도 한다. 침대는 결국, 어떤 방식으로든 사람의 껍질을 모두 벗겨내어 본질을 드러내는 곳.

봉현

이름 없는 그 자리

문을 열고 들어서면 바로 보이는 곳. 이름도 없고 무어라 부를 수도 없는 그곳. 그곳은 텅 비어 있다. 이 집에 그 누가 오더라도 아무런 눈길도, 아무 의미도, 존재조차 느끼지 못할 허공 같은 공간. 그 자리에 배어 있는 시간은 나만이 알고 있다.

　대문을 열면 언제나 여백이가 그곳에 발을 모으고 꼬리를 감고 앉아 나를 기다리고 있었다. 혼자 있게 해서 미안해, 많이 기다렸지, 보고 싶었어. 언제나 혼자였던 집에 나를 기다리는 존재가 있다는 것은 평생 처음 느껴보는 위안이었다. 나만을 사랑했고 나 또한 완벽하게 사랑했던 나의 첫 고양이.

　달그락달그락 사료가 담긴 그릇 소리, 물을 참참 먹는 소리, 내게 몸을 부비던 작고 소중했던 숨소리. 여백이의 밥그릇이 놓여 있었던 그곳에는 아직도 약간의 흔적이 남아 있다.

　여백이를 떠나보낸 후 나는 그 자리에 한참을 앉아 있었다. 등을 기대어 앉아 숨만 쉬며, 제발 시간이 빨리 흐르기를 바랐다. 떠남을 이해할 수 없었고, 혼자 남겨진 것이 너무 괴로워 울기만 하다가 우는 것마저 지쳐 멍하니 허공을 바라보았다. 아무것도 남지 않은, 이제는 아무런 의미가 없을 그 자리에서 마주한 풍경은 처음 보는 것이었다. 부엌 창으로 해가 뜨고, 노을이 들어오고, 해가 졌다. 찬란한 빛이 집 안 한가득 들어오는데, 사람 마음도 모르고 그날도 빠짐없이 아름다워서 세상이 너무 미웠다. 여백이가 본 집의 풍경은 이랬구나. 너는 나와 이 집을 어떻게 기억할까.

여백이가 떠난 지 어느덧 3년이 넘었고 집은 그때와 같이 여전한 모습이다. 하지만 사실 모든 게 바뀌었음을 나만이 안다. 계속 이렇게 혼자 버티듯 살아가야 할지도 모른다는 막막함을 모른 척하며 하루하루를 산다. 여백이가 떠나고 혼자 남아 울던 나의 고통을 기억하며, 그런 아픔을 나는 나를 사랑하는 사람들에게 주지 않겠다고 곱씹으며. 어떻게든 계속 살아본다. 자주 외롭고 때로 아프다가, 도저히 버티기 힘들 때면 그곳에 잠시 주저앉는다. 떠나간, 잊힐 수 없는, 사랑하는 것들을 영원히 기억하면서. 아무도 모르기에 아무런 이름이 없는 공백의 공간.

내가 없는 집은 어떤 모습일까. 여행을 떠났다가 돌아오면 집이 낯설다. 가장 익숙했던 곳이 순간 생경하

봉현

게 느껴지고, 먼지마저 가라앉은 듯 모든 게 멈춰 있다. 끊임없이 돌아가던 집의 시간이 일시정지되어 있다. 불을 켜고, 보일러를 돌리고, 창문을 열고 청소를 하며 재생 버튼을 누르면 집이 천천히 다시 움직인다. 그제야 일상이 집으로 들어온다. 아무도 살지 않으면 오히려 집이 급속도로 망가진다는 말대로, 공간은 돌봐주어야만 생명력을 얻는다. 삶을 보듬어주는 집에 사람 또한 생명력을 불어넣으며 공존한다.

집의 주인은 나뿐이고, 이 집의 모든 것을 다 안다고 생각하지만 사실 내가 없는 집에 대해서는 아무것도 알 수 없다. 여백이가 혼자 남았을 때는 집이 어땠을까. 반려동물을 지켜보기 위해 홈 CCTV를 설치하는 경우도 있는데, 강아지 혼자 있는 친구의 집을 화면으로 한번 본 적이 있다. 이상하게 나는 그게 너무 무섭고 두려웠다. 봐서는 안 될 세상을 훔쳐보는 것 같았다. 그래서 여백이가 아플 때에도 나는 도저히 집을 그런 식으로 들여다볼 엄두를 내지 못했다.

집에는, 어쩌면 내가 영원히 알 수 없는 미지의 세계도 있다.

나의 작은 세상 속에서

가끔은 이 작은 집이 내 세상의 전부 같다. 언제나 더 넓고 먼 세상을 모험하기를 꿈꾸지만, 일상은 내가 감당할 수 있는 만큼의 크기이길 바란다. 물론 나의 편협한 사고와 비루한 통장 잔고만큼만 누릴 수 있는 게 집인지도 모르지만.

지금의 집은 영원한 나의 터가 아니다. 언젠가는 이곳을 떠나야 할 거고, 다시 나의 집을 찾아야만 할 것이다. 가끔 집으로 돌아가는 길에 불 켜진 창문을 바라보며 집과의 이별을 상상한다. 이 풍경이 언젠가는 아득해지겠지, 이런 모습이구나, 선명하게 의식하며 기억에 담아둔다.

나에게 너무 많은 것을 내어준 나의 집. 수많은 감정을 안아주었던 나의 방. 내 모든 이야기를 담고 있는 나의 물건들. 가끔은 낯선 눈길로 구석구석을 둘러보다가, 잊고 있던 나의 시간들을 발견한다. 아무도 모르고 아무도 궁금해하지 않는 나만의 이야기들이 이곳에 있다. 나는 이 집이라는 드라마의 단 하나뿐인 등장인물이다. 동시에 연출자이며, 한 명의 시청자다. 시놉시스도 없고 대본도 없다. 대사도 없지만, 가끔은 독백을 한다.

봉현

잘 하고 있다고, 잘 살고 있다고. 다 괜찮을 거라고, 괜찮다고.

세상이 때로 너무 잔인할 때 나는 집으로 도망친다. 집에서 도망치고 싶을 때도 있다. 떠날 곳도, 돌아올 곳도 결국 집이다. 이곳이 있기에 내가 있다. 🌑

대체로 무기력하지만
간혹 즐겁게

어제가 오늘 같고 오늘이 내일 같은 반복되는

일상이지만, 나는 루틴에 몸을 싣고 하루를 보내는

이런 날을 꽤 좋아한다. 그건 그 하루가

안정적이고도 평화롭게 굴러갔다는 뜻이므로.

이지수

오늘은 드물게 유하보다 먼저 눈을 떴다. 살그머니 거실로 나가 소파에 길게 누웠다. 남동향인 우리 집은 오직 이 시간에만 햇빛이 거실 벽에 사선으로 내리꽂힌다. 창문을 통과한 그 빛이 긴 마름모꼴로 휘어져 벽지에 맺히는 것을 잠시 구경하다 책을 펼쳤다. 요즘 독서가 가장 잘되는 때는 아이가 언제 깰지 몰라 허겁지겁 글자를 눈에 쑤셔 넣는 지금이다. 일주일에 잘해야 한 번이기에 확보하면 행운처럼 느껴지는 순간. 다행히 한 챕터를 다 볼 수 있었고, 좋았던 페이지의 귀퉁이를 접으며 곱씹는 사치까지 누렸다.

슬슬 유하의 등원 준비를 해야겠기에 안방으로 들어가 암막커튼을 연다. 어둡던 방이 밝아지자 유하가 까치집을 얹은 머리로 부스스 일어나 앉는다. 새벽까지 식탁을 책상 삼아 야근한 남편은 애벌레처럼 이불에 몸을 말고 자고 있다. 그 이불을 툭툭 쳐본다. 단꿈의 난폭한 침입자 역할이 달갑진 않지만 이들이 제시간에 하루를 시작해야 내 하루도 무탈히 굴러간다.

아이를 어린이집에 보내고 오니 로봇청소기가 돌아가고 있다. 남편이 버튼을 눌러두고 화장실에 가 있는 거다. 코로나 시국 이전에는 남편이 출퇴근하는 길에 유하를 등하원시키고 나는 집에서 일하는 틈틈이 가사를 병행했다. 졸릴 때 잠깐 나가서 분리수거를 한다거나, 매일 로봇청소기를 돌리는 것에 더해 일주일에 한 번은 물걸레 청소를 한다거나. 이렇게 쓰니까 사람이 굉장히 부지런해 보이는데, 실은 '처리해야 할 일이 쌓여 있는 걸 못 참는 게으름뱅이'라는 나의 형용 모순적 성향을 극복하기 위한 최소한의 몸부림일 뿐이다. 터질 것 같은 쓰레기통도, 고양이 털이 굴러다니는 바닥도 나에게는 처리해야 할 '업무'의 일종이므로 이것을 일단 '0'으로 만들어놓지 않으면 신경이 쓰여서 본업으로 돌입할 수 없다. 물론 본질은 게으름뱅이라서 커튼을 빤다거나 창틀을 청소하는 등의 큰일에는 웬만하면 손대지 않는다.

남편이 재택근무를 시작하고부터는 이런 업무를 남편에게도 슬금슬금 분배하고 있다. 사실 남편과 나 사이에는 '집안일을 쌓아두지 못하는 사람'과 '집안일을 한계까지 쌓아두는 사람'이라는 차이의 강이 흐르고 있다. 내 눈에는 시급한 집안일이 남편 눈에는 시급하지 않아 보이니 이제까지는 대체로 마음이 더 급한 내가 먼저 몸을 움직여왔고, 코로나 이전에는 혼자 그날그날의 가벼운 집안일을 처리하는 방식에 딱히 불만이 없었다. 집안일보다 어려운 등하원을 남편이 맡기도 했으니까.

그러나 지금은 상황이 바뀌었다. 둘 다 집에서 일

이지수

하며 아이 등하원도 나눠 맡고 있으니 집안일 분장도 다시 하는 게 당연하다. 그렇다고 남편의 기준에 맞춰 빨랫감을 한계까지 방치한다거나 설거지를 모아놨다가 하루에 한 번만 한다면 털리는 것은 빨래바구니나 설거지통이 아니라 나의 멘털이 될 게 뻔하다.

게다가 남편은 뼛속까지 이과인에 심지어 직업은 프로그래머(개발자)다. 이게 무슨 말인가 하면, 애매하게 돌려서 부탁하거나 '이 정도면 알아듣겠지.' 싶은 몸짓과 표정으로 눈치를 주면 오류가 난다는 뜻이다. 어느 아내가 프로그래머 남편에게 "마트에서 우유 하나 사 와. 아, 달걀 있으면 여섯 개 사 와." 했더니 우유를 여섯 개 사 왔다는 유머에 나는 웃을 수 없었다. 나의 남편이 이 이야기를 듣더니 "왜? 여섯 개 맞는데?"라고 반응했기 때문이다. 그러므로 남편과 가사를 분담할 때는 로봇에게 명령어를 입력한다는 생각으로 명료하게 해야 한다.

가령 "세탁기 돌려놨어." 같은 두루뭉술한 명령어를 썼다가는 건조기로 옮겨지지 못한 빨래가 내 마음과 함께 썩어버릴 수도 있지만, "세탁기 종료음이 울리면 빨래를 건조기에 옮겨줘." 같은 직접적인 명령어를 쓰면 남편 로봇은 오류 없이 원활하게 움직인다. 어째서 매번 명령어를 입력해야 하는가, 가사 패턴을 자동 학습해 알아서 처리할 수는 없는가, 하는 의문이 들 수 있겠으나 이 부분은 남편봇의 현 단계 성능이 거기까지인 걸로 내 안에서 결론을 내렸다. 그래도 결혼 초기에 비하면 장족의 발전을 이루었으니 앞으로도 차차 업그레이드가 될 거라 믿고 있다. (기술 발전을 맹신하는 편.)

＊

남편이 일하는 부엌과 내가 일하는 작업실은 열 걸음 떨어져 있다. 바로 옆에 붙어 있는 건 아니지만 소리는 비교적 잘 들리는 거리라 남편이 화상회의를 시작하면 나는 방문을 닫는다. 이 사람이 어떻게 일하는지 구경하고 싶은 마음도 있으나 내가 뒤로 지나갈 때마다 비디오를 황급히 끄는 모습을 보고 포기했다. (내가 많이 창피했나?) 분명 방금 전까지만 해도 회사가 싫다고 노래를 불렀는데 화상회의만 하면 "넵, 넵, 네!" 하는 자본주의 대답이 내 작업실까지 들려오는 걸로 봐선 제 할 일은 잘 하고 있는 것 같다.

오후에 커피를 내리러 부엌에 나가보면 남편이 검은 화면에 초록색 외계어 같은 것을 마구 입력하며 머리를 쥐어뜯다가 갑자기 핸드폰을 들고 게임을 시작하는 모습을 직관(?)할 수 있다. 남편도 내가 번역하다 막힐 때마다 약간 실성한 사람처럼 뭔가를 중얼거리며 거실을 뱅글뱅글 맴돌거나 뜬금없이 유튜브를 켜는 모습을 본다. 한집에서 일하니 "오늘 진짜 열심히 일했어!"라고 뻐길 수 없어진 게 조금 아쉽다.

6시가 되면 남편은 하던 일을 마무리하고 유하를 데려온다. 현관에서 신발을 벗자마자 드러눕거나 내 다리에 칭칭 감기는 애를 어르고 달래 욕실로 데려가 손을 씻게 한다. 다 함께 저녁을 먹은 뒤에는 (하루씩 교대로) 한 사람은 식기 뒷정리 및 고양이 화장실 청소를 하고 다른 한 사람은 육아를 맡는다. 베란다의 식물들이 목말라하지 않는지 흙에 손가락을 넣어보며 점검하는 것도 이때다.

요즘 유하는 이 시간에 소파 쿠션을 몽땅 자기 방으로 가져가 "캠핑카예요!" 하며 그 위에서 뒹굴곤 한다. (캠핑카와 비슷한 점은 눈을 씻고 찾아봐도 없지만 환호하며 같이 뒹굴어줘야 한다.) 거실과 내 작업실 사이에 있는 짧은 복도에 의자와 책으로 징검다리를 만들어 악어가 우글대는 연못을 건너는 상황극을 펼치기도 한다. (벌거벗은 임금님께 옷 칭찬을 하는 간신의 심정으로 악어가 보이는 척해야 한다.) 이런 상황극 속에서 불 꺼진 작업실은 매번 악당의 소굴로 설정된다. 살금살금 복도를 지나 작업실로 침입해 장난감 총으로 뭐든 쏘아 죽이는 척을 해야 다시 우리 편 기지(거실)로 돌아올 수 있다.

그러다 육아 담당자가 실내 사이클을 타러 거실 구석으로 가면 그때부터는 뒷정리 담당자가 육아 담당자로 변신하여 놀이를 이어간다. 어제가 오늘 같고 오늘이 내일 같은 반복되는 일상이지만, 나는 루틴에 몸을 싣고 하루를 보내는 이런 날을 꽤 좋아한다. 그건 그 하루가 안정적이고도 평화롭게 굴러갔다는 뜻이므로.

이런 하루를 위해 반드시 충족되어야 할 조건, 그것은 유하의 등원이다. 코로나19 확진자 수가 크게 늘 때마다 어린이집에서는 공지가 온다. 주로 '앞으로 2주간 피치 못할 사정이 있는 원아에 한해서만 긴급 보육하겠다.'라는 내용인데, 그런 공지를 받으면 '나의 마감이 과연 피치 못할 사정인가?'라는 근원적인 질문에 봉착한다. 그러나 출판사에 마감일을 늦춰달라고 말할 배짱은 또 없으니 '야근으로 벌충해보지 뭐…….' 하게 되고, 육아 더하기 야근으로 하루를 보내면 기력과 시간 부족으로 운동을 할 수 없고, 수면도 부족해지고, 자연히 체력은 떨

이지수

어지고, 매사에 신경질적이게 되고, 부부싸움을 하고, 삶이 팍팍해져 이쯤 되면 '나의 (여유로운) 마감(을 위해 시간을 확보하는 것)은 피치 못할 사정이 맞지 않나?'라는 질문에 다시 봉착하는 뫼비우스의 띠가 완성된다.

어린이집이 정상 운영될 때라도, 요즘 시국에는 콧물만 흘려도 애를 보낼 수 없다. 비염이 있는 유하는 환절기마다 콧물을 줄줄 흘렸고 그때마다 나는 눈물을 줄줄 흘렸다. (한국은 왜 계절이 네 개씩이나 있어가지고!) 유하가 등원을 하지 못하는 날이 쌓이면 집은 점점 엉망이 된다. 집이 엉망이 되면 내 마음속 '처리해야 할 일' 리스트가 한정 없이 늘어나 에너지를 야금야금 갉아먹는다. 다른 일을 하고 있을 때도 '쓰레기 버려야 되는데…….' '가스레인지 닦아야 하는데…….' 하는 생각이 뇌의 백그라운드에서 항시 돌아가는 것이다.

할 때는 한 티가 잘 안 나지만 안 하면 안 한 티가 마구 나는 게 집안일이다. 세탁기는 사흘만 돌리지 않아도 빨래바구니가 폭발한다. 세 사람 있는 집에서 수건이 왜 스무 개씩 나오지? 몰랐는데 우리 집에 축구팀이 사나? 고양이들은 돌아가며 러그와 소파에 토를 하고 화장실 밖에 오줌을 싼다. 인간적으로, 아니 냥적으로 열아홉 살(조르바), 여섯 살(노바)이나 됐으면 엄마 상황도 좀 이해

해줘야지, 어떻게 매번 이렇게 자비가 없냐, 어? 그러나 냥아치들은 '뭔 말이지?' 하는 표정으로 눈만 끔뻑거릴 뿐이다. 그저 쾌적하게 살고 싶을 뿐인데 그 생활에 얼토당토않은 에너지가 든다.

아아, 괴롭다. 내 공간을 제대로 돌보지 못하는 게 이렇게 괴로운 일인지 전에는 몰랐다. 사실 코로나19 이전에는 업체 전문가의 도움을 정기적으로 받았던지라 집이 더 깨끗하기도 했다. 클리너 선생님의 야무진 손길로 변기와 욕조와 가스레인지가 반짝반짝해지는 동안 나는 집 앞 카페에서 작업을 했다. 열심히 일하고 돌아와 보니 집이 깨끗해져 있네? 빨래도 각 잡혀 개어져 있네? 돈 벌어 쓰는 맛이 꿀맛이었다. 그 선생님은 작년 2월, "코로나19가 너무 심각하니 당분간 일을 중단하려 합니다. 5월 중에 다시 연락하겠습니다."라는 문자를 남기고 홀연히 내 곁을 떠나셨다. 물론 해가 바뀐 지금까지 내가 받은 연락은 없다.

✳

여기서 잠깐, 애가 등원을 하지 않는 날이 대체 어떠하 기에 이 유난인지 설명해두고 싶다. 집콕 육아란 무엇인

이지수

가. 그것은 직장 상사가 잘 때 빼고 24시간 옆에 딱 붙어서 이 업무 저 업무 정신없이 시켜대는 상황과 비슷하다. 게다가 그 상사는 성질이 어찌나 급한지 뭐든 빨리 해 달라고 난리야, 말도 잘 안 통해, 야근비도 안 줘. 그 와중에 삼시세끼도 차려드려야 하지, 간식도 챙겨드려야 하지, 응가가 나오신다 하면 앞에 앉아 쾌변 응원송도 불러드려야 하지, 다 싸시면 닦고 씻겨드려야 하지. 이만하면 제가 왜 이러는지 아시겠죠. 요컨대 아이와 함께 있을 때는 나의 자아나 자유가 한없이 0에 수렴한다고 보면 된다.

심심해 하는 애가 딱해서 물감이나 모래놀이 세트를 꺼내주면 한 시간은 청소할 각오를 해야 한다. 애야, 혹시 퍼즐놀이를 시작할 거면 아까 가지고 놀던 레고 블록은 박스에 넣어두면 안 되겠니? 책 볼 때는 놀이 매트를 접어두어도 되지 않을까? 그렇지만 나의 작은 상사는 제가 만든 카오스를 너무나 사랑하는 나머지 어느 것 하나 정리를 허락하지 않는다. 상사께서 침소에 드신 후 거실을 싹 치워보지만 아침이면 다시 원상 복구되는 카오스와 그걸 바라보는 나. 이것이 육아계의 시시포스인가…….

새로운 놀이를 개발하거나 아이템(새 장난감)으로 시간을 버는 것도 한두 번이지. 애는 애대로 집에만 있으니 짜증을 계속 내고, 나는 나대로 마감 때문에 마음은 급해 죽겠는데 몸은 카봇 퍼즐이나 맞추고 있고, 이미 애 보느라 휴가를 다 써버린 남편은 또 남편대로 방에서 재택근무하며 집중을 못해 속을 태우고 있고, 그야말로 총체적 난국이다. 그럴 때 난 연기나 가루가 되어 이 세상에서 사라지고 싶다는 생각을 종종 한다. 그러니 "애가 어린이집을 안 갔어……"라고 공허한 눈으로 말하는 친구가 있다면 말줄임표 사이의 개고생을 상상하며 따뜻하게 안아줍시다. 그 친구가 이야기하다 갑자기 울어도 너무 놀라지는 마시고요.

아닌 게 아니라 나도 유하가 바지에 오줌을 싸서 운 적이 있다. 문장으로 적어놓고 보니 좀 이상하지만(오줌 싼 당사자도 아니고 그 엄마가 울다니!) 오줌 싼 바지는 트리거였을 뿐, 스트레스 게이지는 그전부터 차곡차곡 쌓여 임계점에 도달해 있었던 것이다. 또다시 확진자가 늘어서 2주 연속 등원을 못하던 시기였다. 평소에는 실수를 해도 괜찮아, 담에는 꼭 변기에 하자, 하고 넘어가던 엄마가 갑자기 꺽꺽거리니 유하도 많이 당황했을 것이다. 방에서 일하던 남편도 놀라 뛰쳐나왔다. 나도 내가 애 오줌이 줄줄 흐르는 바지를 들고 오열씩이나 하게 될 줄은 몰랐다. 하……. 진짜, 코로나 언제 끝나?

이지수

"집에서 할 수 있는 뭐 재밌는 일 없을까?"라는 말을 주고받으며 소파에 늘어져 있는 게 육퇴(육아 퇴근) 후 나와 남편의 일상이었다. 우리는 절박한 심정으로 재미를 찾고 싶었다. 정말이지 숨 쉬는 게 아까울 정도로 지독히 무기력한 나날이었다. 그러다 갑자기 퍽 소리와 함께 텔레비전이 먹통이 됐다. 제조사에 전화를 걸어보니 연식이 오래되어서 수리하는 값이나 새 제품을 사는 값이나 거기서 거기라 했다. OLED니 QLED니 하는 제품들을 알아보다가 가슴에 묻어뒀던 로망 하나가 생각났다. 집에 희고 깨끗한 벽이 없어서 포기했던 그것. 벽에 빔 프로젝터를 쏴서 영화를 보는 것.

벼락같이 끓어오른 열정으로 셀프 도배용 벽지를 즉시 주문했다. 이 간단한 게 뭐라고 3년씩이나 전 세입자의 흔적이 고스란히 남은 거실 벽지를 보며 한숨을 내쉬어왔는지. 하지만 그 간단한 걸 못했던 과거의 나를 현재의 나는 이해한다. 열정이란 게 그렇게 시도 때도 없이 쉽게 생기면 누구나 BTS나 김연아가 됐겠지. 격렬한 슬라이딩을 한 야구 선수의 엉덩이 같던 베이지색 벽은 비로소 인스타용 사진 배경으로 써도 될 만큼 말끔해졌다.

빔 프로젝터는 일할 시간 아껴가며(?) 각 회사별 제품의 사양을 엑셀로 정리해 남편에게 프레젠테이션한 뒤 내 맘대로 왓챠와 유튜브가 내장된 제품을 질렀다. (남편은 상상을 초월하는 우유부단함의 소유자라서 그에게 선택권을 넘겼다가는 현생에서 그 어떤 물건도 살 수 없다.) 사는 김에 프로젝터를 놓을 장식장도 사고, 티브이장이 빠져서 허전해진 반대편 벽에 둘 책장도 사고, 그 책장 옆에 놓을 협탁도 사고, 한마디로 개처럼 번 돈을 물 쓰듯 썼다.

거실 인테리어를 바꿨다고 해서 '뭐 재밌는 일'이 갑자기 생기지는 않았지만, '뭐 재밌는 영상'을 전보다 부지런히 찾아보게 되는 효과는 있었다. 어느 날은 예능 프로그램 〈신박한 정리〉를 보다가 갑자기 냉동실 정리를 시작했다. 과거의 이지수가 참으로 부지런히 손질하고 소분해둔 고대의 음식물이 대량 나왔다. 신애라 님의 신봉자가 된 현재의 이지수는 망설임 없이 그걸 죄다 쓰레기봉투에 처넣었다.

유튜브에서 다른 사람이 올린 브이로그를 찾아보게 된 것도 그런 맥락에서였다. 특히 배우 신세경이랑 원

이지수

더걸스 출신 소희의 브이로그를 보면 그렇게 힐링이 된다. 집에서 빵도 굽고 비즈로 마스크 끈도 만들고 텃밭도 가꾸고 장롱 속 옷 팔아 기부도 하고 서재 정리도 하는 그들의 영상을 보고 있으면 너무나 마음이 정화된달까. (물론 고소한 빵 냄새가 나거나 옷장이 깨끗해지는 건 우리 집이 아니지만 세상에는 대리 만족이라는 감정이 있습니다.)

내 집에서 고립된 채 남의 집을 구경하면 세상과 조금은 연결되어 있는 느낌이 든다. 굴 안에서 숨구멍을 발견한 기분으로, 그 소중한 감각을 향해 더듬이를 뻗는다. 오늘은 언니한테서 영상통화가 걸려왔다. 이렇게나마 나누는 대화가 너무 소중하다. 이 시국의 온기는 픽셀을 타고 오간다. 언니 집에는 네 살 아들 쌍둥이가 있는데, 조카 1은 내 얼굴을 보자마자 다짜고짜 "이모! 오지 마! 이모! 오지 마!" 빽빽 소리를 질렀다. 조카 2도 가세해 오지 말라고 난리다. 안 그래도 못 간다, 이것들아! 지금 5인 이상 집합금지인데 너네 집 식구만 네 명이잖아! 언니에게 "파자마 예쁘네. 샀나?" 물었더니 "내가 하도 목 늘어진 티셔츠만 입고 있으니까 무석이(형부)가 꼴 보기 싫다고 사줬다." 한다. 집콕 시국에 부부 사이는 이토록 돈독해진다.

1월에는 들어와야 할 원고가 한 달 넘도록 입고되지 않아 모처럼 시간 여유가 생겼다. 고레에다 히로카즈 감독이 홈페이지와 잡지 등에 쓴 글을 모아 한국에서 최초로 출간하는 것이라 일본어 원서가 따로 없는데, 감독님이 바쁜 일정을 쪼개어 원고를 수정하다 보니 마감이 자꾸 늦어졌다. 아니, 약속하신 일정을 이렇게 안 지키시고 그러시면 정말 감사합니다. 감독님 덕분에 숨 쉴 틈이 생겼네요.

고 감독님이 선사하신 한 달 중 일주일은 또 독박육아로 썼다. 그리고 유하가 드디어 다시 등원한 날, 침대에서 뒹굴며 웹툰을 보다가 나도 모르게 벌떡 일어나 컴퓨터 앞에 앉았다. 그때 내가 무슨 마음으로 그랬는지는 워낙 순식간에 일어난 일이라 잘 기억이 나지 않는다. 아마 이대로라면 모처럼의 휴식기를 흐지부지 보내게 된다, 뭐라도 해보자, 어차피 밖에는 못 나가니까 집에서 할 수 있는 게 뭐가 있을까, 하는 생각의 흐름이 있었을 것이다.

네이버에서 '맥 동영상 편집'으로 검색해 대충 눈에 띄는 프로그램을 깔았다. 구글 클라우드에 뒤죽박죽

이지수

넣어두기만 하고 한 번도 제대로 보지 않았던 유하의 동영상들을 찾아 다운로드했다. 세상 빛을 처음 봐서 눈도 제대로 못 뜨는 유하, 겉싸개 속싸개에 싸여 분유 먹는 유하, 뒤집기를 하려고 빨개진 얼굴로 끙끙거리는 유하, 제법 잘 기어가는 유하, 휘청휘청 걷기 시작하는 유하가 나왔다. 대충 영상을 이어붙이고 자막을 달아 하원 시간 직전에 극적으로 유튜브에 올렸다. 가족들에게 유하가 유튜브를 시작했음을 알렸고 (실은 내가 시작한 거지만.) '좋아요'와 '구독'도 눌러달라고 부탁했다. (어디서 본 건 있어 가지고.)

그다음 날에도, 그다음다음 날에도 나는 영상을 편집했다. 신생아 시절부터 돌 무렵까지의 일상 동영상과 여행 동영상을 뒤져 가장 빛나는 순간만 잘라냈다. 완성된 영상에는 분수토의 쉰내도 똥 기저귀의 구린내도 양육자의 쩐내도 없었다. 그저 방긋방긋 잘 웃는 아이와 그 아이를 바라보며 행복해하는 부모가 있을 뿐. 나와 남편은 두 마리 고슴도치가 되어 거실 프로젝터로 영상을 계속 돌려봤다.

그것은 양육자의 고생과 피로가 말끔히 세탁된 뽀송뽀송한 과거였다. 내 손으로 미화시킨 과거에 내가 힐링되는 기분이었다. '집에서 할 수 있는 뭐 재밌는 일'을 찾아낸 기분이었다. 코로나19 속 일상도 오려내고 편집하면 저렇게 뽀송뽀송해질 수 있을까. 그 일상 속 나는 과연 어떤 표정을 짓고 있을까. 적어도 오줌 싼 바지를 들고 울고 있진 않겠지. 그건 일가친지로 구성된 몇 안 되는 구독자들에게도 보여줄 수 없는 얼굴이니까.

✦

몇 달 만에 혼자 산책을 했다. 억지로 몸을 일으켜 밖으로 나갔더니 미세먼지가 최악인 날이었지만 기분이 곧 좋아졌다. 발길 닿는 대로 걷다가 동네에 있는지도 몰랐던 와인 전문점을 발견했다. 들어가 보니 깜짝 놀랄 정도로 많은 사람들이 와인을 고르고 있었다. 다들 홈파티라도 하는 걸까? 마스크 너머로도 웃고 있는 입이 보이는 듯했다. 어떤 상황에서도 일상을 즐기는 이들이 있다는 건 묘하게 위안되는 풍경이었다. 집이 지겨워서 나왔는데 그만 도로 집에 가고 싶어졌다. 나도 모스카토 와인 한 병과 포션 치즈, 살라미, 올리브를 샀다. 요즘 애쓰고 있는 자신에게 주는 선물이었지만 남편에게는 "여보 생각이 나서 같이 먹으려고 샀어."라고 말할 것이다.

동네 놀이터에서는 얇은 홑겹 점퍼만 걸친 아이들

이지수

이 빨개진 볼로 뛰어놀고 있었다. 아파트 단지의 나무에는 벌써 새순이 돋았다. 계절이 어김없이 바뀌고 있다. 이번 주말에는 꼭 화장실 청소를 하자. 봄이 오기 전에 창틀도 한번 닦아둬야겠어. 그런 생각을 하며 집으로 돌아가는 발걸음을 재촉했다. 대체로 무기력하지만 간혹 즐거운 이 시기도, 시간의 흐름 앞에서는 공평하게 과거가 될 것이다. 🖤

집이라는
브랜딩

자신을 파악해 취향과 역사에 집중해보고

현재의 스스로를 가장 기분 좋은 상태로 놓아두는 것.

집이 지금 이 순간의 형태로 줄 수 있는

가장 큰 선물이다.

김희정

"또 바꿨네! 또 바꿨어!"

친구가 신발을 벗고 거실로 들어서자마자 절레절레 고개를 흔든다. "새 프로젝트 들어갔구나?" 그녀는 우리 집에 가장 자주 오는 친구다.

불과 2주 사이 식탁과 소파와 책장의 위치가 바뀌었다. 그녀가 특별히 더 친해서 아는 게 아니라 거의 모든 친구들이 이런 나의 습관을 안다. 친구들이 올 때마다 늘 가구 배치가 조금씩 바뀌어 있고 역시나 새롭게 줄 맞춰져 있다. 바닥의 먼지까지는 아직 아무도 눈치채지 못한 것 같다. 일단 얼핏 보기에 집은 마치 모델하우스처럼 뽐내듯 정돈되어 있다. 기본적으로 이 집의 주인은 정리광 성향의 인간 같다. 듣기만 해도 피곤한 말이다. 정리광이라니.

학교 다닐 때 아침잠에서 깰 무렵이면 엄마가 방문을 열고 "아, 또 바꿨어?" 하는 소리가 알람처럼 들리기도 했다. 밤사이 무거운 책상과 옷장의 위치를 바꾸어놓았던 것이다. 야행성 정리광 소녀의 기질은 DNA를 타고 흐르는 것이 아니어서 적당히 좀 하라고 아침부터 등짝 스매싱이 날아오기도 했다.

나는 왜 자꾸 사물의 위치를 바꾸고 정리에 열을 올리는가. 평상시에는 그러지 않는데 시험만 앞두면 꼭 책상과 서랍의 물건들을 일일이 꺼내어 정리하곤 했다. 어느덧 내 집이 생기고 서랍의 종류가 조금씩 늘어났기 때문에 이젠 시간이 좀 더 많이 걸리고 그만큼 뿌듯함도 커졌다. 늘 이렇게 정리를 한다면 스스로 피곤해서 어떻게 살까마는, 너무나 다행스럽게도 나에게 정리는 어쩌다 큰일을 앞두고 행하는 명상의식과 같다. 집중할 수 있는 환경을 만들기 위해 몸과 마음을 가다듬듯 물건들을 꺼내어 신중하게 닦고 매만지고 가지런히 넣어놓는다.

가끔은 외주 이벤트를 한다. 친구들 이사하는 집에 가서 입주 청소 수준으로 집 청소와 정리를 해준다. 고무장갑을 끼고 화학약품을 손에 들고선 반짝이는 내 안의 흥을 느낀다. 부업으로 입주 청소를 해볼까 심각하게 고민한 적도 있다. 하지만 어디까지나 잠시의 이벤트일 뿐. 내 집이건 누군가의 집이건 먼지나 기름때나 바닥에 떨어진 머리카락은 아무런 자극도 되지 않는다.

사실 평상시 우리 집은 느긋한 게으름과 더러움이 넘쳐난다. 빨래바구니도 넘쳐나고 설거지통도 넘쳐난다. 차 어느 구석에서는 가끔 5년 전의 유물도 나온다. 방과 책상이 어지러운 가운데 맘 편하게 더 널브러질 때의 안정감은 사실 꽤 만족을 준다. 인간은 망가짐의 쾌감을 아는 종족이다. 우리 집은 여백이 많아 나름대로 정갈해 보

김희정

이지만 또 나름대로 충분히 더럽다. 다만 모든 것이 자기 자리를 잘 잡고 각각의 폴더 속에 보이지 않는 이름표를 달고 있을 뿐.

청소를 잘하는 것과 정리 정돈을 잘하는 것은 엄청나게 다른 개념이다. 아무튼 집이 말끔해 보인다는 건 친구 말대로 새로운 프로젝트가 시작되었다는 뜻이다. 일에 필요한 영감을 최대한 끌어올리기 위해 딸깍 시동을 걸었다는 뜻이다.

정리의 패턴

집은 우주의 등대처럼 우리를 끌어당긴다. 빛이 있건 없건 온기가 있건 없건 집은 어쩔 수 없이 우리를 끌어당긴다. 그러므로 집 안 어느 구석에는 자석이 되는 무언가를 놓아두자. 사람이건 침대건 고양이건 어제 산 예쁜 물건이건 빛바랜 유년의 사진이건 맛있는 냄새건. 기꺼이 몸을 기울여 끌려가도록 그 존재를 정성 들여 의식하자.

나의 경우, 정리를 하는 목적은 기분 전환과 정서적 안정감에 있으므로 빨리 기분을 좋게 하기 위해 눈에 보이는 가장 큰 것부터 움직인다. 우선 배치를 바꿔본다.

책상 위치를 조정해보자. 창문 옆에 가로로 붙이든 대각선으로 놓든 아니면 방 한가운데 두든 괜찮다. 이게 말이 되나 싶어도 일단 과감하게 해본다. 식탁이나 책장을 거실로 옮기기만 해도 연쇄적으로 많은 것들에 변화가 찾아온다. 꼭 이사를 가야만 바꿀 수 있는 게 아니다. 프로는 힘 조절을 할 줄 아는 사람이다. 난 등짝 맞아가며 단련된 숙련된 프로다. 가구 바닥에 붙이는 다이소 부직포 스티커를 상비해두고, 더불어 담요 하나만 있다면 웬만한 것은 힘을 크게 들이지 않고 옮길 수 있다. 장비를 구입하고 프로가 되자. 아직 힘쓸 곳이 많이 남아 있다.

　가구 배치를 달리했다면 이미 낯설게 집중할 곳이 생겨 나도 모르게 기분이 좋아지는 중이다. 이제 새로운 배치 주변으로 눈에 거슬리는 것들이 보인다. 식탁을 거실로 옮겼다면 기존의 거실에 놓여 있던 것들이 다른 곳으로 옮겨져야 이 구역이 새로운 용도 중심으로 재편된다. 식탁은 책상의 역할이 될 수도 있고, 대화의 테이블이 될 수도 있고, 꽃과 식물과 와인이 주인공이 되는 무대가 될 수도 있다. 식탁 위에 작고 따스한 오렌지빛 스탠드가 하나 있어야겠다고 느껴지면 위시리스트에 신나게 기록해둔다. 위스키나 와인 그리고 와인잔 하나쯤은 늘 식탁 위에 있으면 좋겠다 싶으면 부엌으로 달려가 가장 마음에 드는 잔을 꺼내 가져온다. 마실 줄 몰라도 이미 근사한 도시 어른의 테이블 같다.

티브이는 필요 없겠다 싶으면 방으로 밀어 넣는다. 방은 이제 나름의 용도가 다시 생길 것이고 거실은 이미 나도 모르게 어떤 분위기가 생겨버렸다. 새로운 배치에 따라 새로운 용도를 고민하고 그 주변을 비슷한 종류의 것들로 가지런히 더하고 비우다 보면 이 공간의 주제 혹은 콘셉트라는 것이 자연스럽게 생겨난다. 일단 큰 것을 중심으로 배치를 바꾼다. 주변의 것들을 다 늘어놓고 같은 성질의 것들로 분류한다.

그다음, 보이게 할 것과 안 보이게 숨길 것들로 나눈다. 분류에는 다양한 기준이 있다. 용도와 사용 빈도로 나누어 가장 우위에 있는 것을 꺼내어 놓고 나머지는 다 보이지 않도록 어느 서랍에 박아둔다. 이제 깨끗하게 주변을 쓸고 닦는다.

이 과정은 기분과 체력과 흥에 따라 방으로 이어지고 냉장고에서 옷장, 서랍으로 이어진다. 말끔하게 정리와 정돈과 청소가 되었다는 것은 내가 정한 위치에 모든 것이 용도에 어울리게 줄을 맞추어 같은 성질끼리 분류되어 있다는 것을 뜻한다. 그리고 눈에 보이든 보이지 않든 그 모든 것을 내가 잘 파악하고 있다는 것을 뜻한다.

이제 기분학적으로 거슬릴 것이 없는 백지 상태의 집이 되었다. 나는 조용히 커피를 내리거나 향을 하나 꺼내 불을 붙인다. 그리고 이제 컴퓨터를 켜서 개운한 마음으로 새로운 프로젝트 첫 페이지의 백지를 마주한다.

정리광과 직업인

공간 활용 전문가나 정리 컨설턴트처럼 굳이 자세히 기술했지만 사실은 이 모든 과정이 나의 일에 똑같이 그대로 적용된다. 몸으로 행한 것을 이제 머리로 옮긴다. 앞에서 말한 모든 것은 내가 실제 프로젝트에 들어갈 때 하는 모든 과정의 하나하나이고 순서이고 맥락이다.

내 정리광 기질은 직업과 맞물려 있다. 단순히 마음을 가다듬는 명상의 한 종류라고 생각했던 정리 습관은 이십대 후반에 선택한 직업과 어우러져 마치 운명인 듯 핑계인 듯 빛을 발하게 되었다. 결론적으로 말하자면 기질과 생활과 일이 다 같은 회로를 타고 흐른다. 정리 정돈이 몸에 익으면 생활이 쾌적해지고 일에 시스템이 갖춰진다. 몸이 하던 것을 그대로 정보와 사고의 영역에 적용하기만 하면 된다.

나의 직업은 브랜딩 디렉터다. 브랜딩은 제품이나 서비스가 가진 특징 중에서 가장 매력적인 부분을 부각해 세상과 소통할 수 있도록 하는 일이다. 클라이언트의 의뢰를 받아 새로운 제품이나 서비스의 콘셉트를 정한다. 그에 맞추어 이름을 개발하고 슬로건도 만들고 세부적인 디테일을 언어로써 가다듬는다. 일의 시작에서 맺음까지 모든 과정 중에 가장 중요한 부분은 맨 처음 부분, 브랜드의 콘셉트를 명확하게 한 문장으로 만드는 일이다. 그 한 문장이 앞으로 이 브랜드가 담게 될 모든 것의 큰 그릇이 되기 때문이다.

그리고 그 맨 처음의 첫 발자국은 정말로 정리 정돈의 기술에서 시작한다. 브랜드 자체가 가진 모든 특징을 파악하고 가지치기를 하여 핵심만 남기고 전부 삭제한다. 브랜딩은 한마디로 빼기의 기술이다.

'사토 가시와'라는 일본의 아트디렉터가 있다. 그는 유니클로와 일본 국립신미술관, 무인양품 등의 콘셉트부터 디자인까지 크리에이티브를 총괄한, 일본에서 가장 주목받는 크리에이터 중 한 명이다. 그의 첫 저서인 『이 사람은 왜 정리에 강한가』라는 책이 있다. 서점에서 이 책이 디자인 분야에 꽂혀 있는지 아니면 제목만 보고 생활 실용서로 분류되어 많은 사람들의 기대를 배반하고 있는지 아닌지는 모르겠지만, 실제 크리에이터로서의 콘셉트 플래닝과 디자인 노하우를 담은 책이다. 제목처럼 정말로 정리에 강하다. 사무실 공간의 정리부터 컴퓨터 파일이나 명함 정리 그리고 가방 안의 일상용품 정리 방법까지 다 담겨 있다. 앞부분에서 그가 공들여 이야기하는 정리의 비법은 프로젝트 작업 과정으로 연결되어 전체적으로 왜 그의 작업이 깔끔하게 제품의 핵심을 건드려 소비자에게 전달되는지를 보여준다.

그의 책에서 강조하는 것은 브랜드의 본질을 발견하려면 모든 것을 다 늘어놓고 시점과 우선순위를 바꾸어 생각해보고 중요하지 않은 것은 과감하게 버리라는 것이다. 가지를 쳐내고 시점을 달리하면 제품의 가장 큰 단점이 브랜딩의 핵심 요소가 될 수도 있다. 이 책을 읽게 된 계기는 같은 업종이기 때문에 그의 작업 스타일이 궁금해서였는데 나는 이미 제목에서부터 마음을 홀랑 빼앗긴 터였다. 입주 청소 부업은 관두고 언젠가는 나도 나만의 정리 책을 써야지 하고 마음먹게 되었다. 기업 강의에 가서도 브랜딩 담당자들에게 되도록 이 책을 읽어볼 것을 권유한다.

브랜드의 핵심은 이미 클라이언트가 다 가지고 있다. 이미 가진 장점과 문제점 중에서 의식하지 못했던 것

김희정

들을 골라서 진단을 해주고 최선의 정답을 탐색하는 것이 직업인으로서 내가 하는 일이다. 모든 클라이언트가 자사의 제품이 가진 장점과 경쟁적 우위력에 강력한 애정을 가로 세로 대각선으로 가지고 있다. 어느 한 가지 특징을 골라서 제품 콘셉트를 만들기에는 놓치는 부분이 너무 많다며 아쉬워하지만, 브랜딩할 때는 가능한 한 객관적 시점의 중재자 역할을 하면서 최대한 덜어내는 것이 내가 해야 할 일이다.

그 첫 번째는 클라이언트가 가진 것들을 다 꺼내어 늘어놓고 이야기를 듣는 것이다. 이 정보들을 분류하고 그중에서 인과관계를 탐색해서 다시 배열하는 것이 두 번째이다. 그러다 보면 어느새 드러난 특징들 속에 숨은 맥락과 본질에 도달하고 이것은 브랜드의 뼈대가 되어 디자인과 세부적 크리에이티브로 일관성 있게 연결된다.

요즘은 누구나 브랜딩을 한다. 비즈니스의 수단뿐 아니라 자기표현의 수단으로 이미 일상에서 브랜딩을 하고 있다. 각자의 소셜 미디어를 통해 소통하고 집을 꾸미고 말투와 옷 스타일을 신경 쓴다. MBTI 테스트를 하고 자신의 취향과 성격을 정의 내리고 다양한 방식으로 표현한다. 이 모든 것이 브랜딩이다.

브랜딩은 사람들과의 소통을 위한 것이다. 나에게 이런저런 매력이 있으니 알아보고 좋아해주고 나와 같은 결에 도달하기를 바라는 것이다. 세상 사람들 다 다른데 어떻게 모두의 마음에 들겠는가. 다른 사람의 취향과 기준에 휘청대다가 이도 저도 아니게 된다. 그래서 브랜딩은 단 한 사람의 지지자를 만든다는 관점으로 시작한다. 누군가 한 사람은 내 매력을 알아봐주고 누군가 한 사람은 내 마음을 잘 읽었다고 열렬한 지지와 응원을 보내주는 것. 팬이자 친구가 되는 것. 그것을 목표로 시작하는 브랜딩은 솔직하게 다가가고 마음을 얻는다.

집도 마찬가지다. 집의 브랜딩은 내가 나의 유일하고 진실된 친구라는 마음에서 시작한다. 오로지 나에게 맞추어 나와 대화를 시작한다.

집이라는 브랜딩

집을 브랜딩한다는 것. 그것은 집을 이러저러한 콘셉트로 꾸민다는 것이 아니다. 다 덜어내고 집과 나의 본질을 생각한다는 것이다. 각자에게 집이 가지는 의미는 다 다를 것이다. 집은 누군가에겐 그 자신이고 위로이고 쇼룸이고

김희정

동글이고 즐거움이다. 사물이자 존재이고, 물성의 형식이자 감정을 나누는 관계의 대상이다. 이 본질을 단어와 문장으로 끄집어내어 말하는 것은 의미가 있다.

내 집을 꾸미기 위해 유행하는 수많은 인테리어 샘플을 보기 이전에 '나는 어떤 사람인가?'라는 질문을 해야 하는 것이다. 그리고 나에 이르기 위해서는 솔직해져야 한다. 다양한 시도를 하며 내게 숨겨진 성향을 파악해야 한다. 깊게 들어가면 중2 때부터 해온 '나는 누구인가?' 하는 답도 없는 인생 질문에 허우적거리게 되지만 남몰래 채워온 나의 취향과 수집의 역사에서 시작하면 실마리가 쉽게 풀린다.

취향과 수집의 역사를 알기 위해선 일단 다 꺼내어 놓는 것이 필요하다. 클라이언트가 가진 이야기를 모두 듣는 것처럼. 누구나 어떤 면에서는 맥시멀리스트이고 또 어떤 면에서는 미니멀리스트이다. 일단 내가 가진 것들을 모두 다 꺼내어 늘어놓고 살펴본다. 집에 실제로 늘어놓을 수도 있지만 눈대중하든 실제로 메모지에 적든 엑셀 파일을 만들든 일단은 리스트를 만들어보는 것이다.

나는 책과 옷, 특히 겨울옷, 문구류, 조리도구, 그릇 그리고 술이 많다. 이 카테고리엔 아예 자제력이란 것이 없다. 반면에 가방이나 장신구, 화장품 등의 리스트는 대충 보기에도 한 줄로 끝난다. 이제 나의 수집 리스트는 굵직한 몇 품목으로 눈에 보이게 되었다.

이 리스트들의 맥락을 파악해보자. 비슷한 것들은 묶어서 카테고리를 만들어보자. 한 품목이 여러 카테고리에 겹쳐도 된다.

나는 장식을 싫어하고 과시 성향이 있으며 나만의 진정성과 비밀이 중요한 사람이다. 솔직하게 핵심에 다다랐으면 이제 되도록 근사하게 포장을 해보자. 이름을 붙일 차례. 제품의 슬로건처럼 그럴듯하고 근사하게 붙여준다. 온기와 편안함, 세심함, 캐주얼함, 활기, 밝음 등등 나 역시 근사한 것은 다 갖다 표현하고도 싶었지만 고민 끝에 다 빼고 더 큰 개념을 골랐다. 나는 영어로 'BOLD & QUIET'라고 정했다. 어머, 꽤 폼이 난다.

이제 큰 프레임이 정해졌으니 거기에 맞추어 집을 꾸미면 된다. 가구를 사거나 배치를 달리하는 문제로 끝나는 것이 아니다. 이 콘셉트와 키워드는 그 이후의 소비 생활에도 적용된다. 우선순위에 적용을 받는 것이다. 집의 브랜딩은 생활의 축을 만들고, 거기에 습관과 태도가 지배받는다.

이제 이 키워드에 맞추어 정리와 정돈을 할 단계다. 긴 여행을 가기 위해 짐을 싸보거나 사정이 있어 작은 짐으로 웅크린 채 몇 개월을 보내본 사람은 알게 된다. 그럭저럭한 이 삶의 유지에 많은 것이 필요하지 않다는 것을. 하지만 누구나 자연인이 되어 젊은 날을 그렇게 홀홀히 살 필요는 없지 않은가. 정신의 비빌 언덕은 남겨둬야 한다.

우선 담대하게 나에게 솔직하지 않은 책을 먼저 버렸다. 너덜너덜한 초판본 책을 사 모으거나 다 읽지도 않을 한 작가의 책 전집을 다 사면서 마니아가 된 듯 느끼던 가짜 뿌듯함을 버렸다. 정말 좋아하는 작가의 정말 좋아하는 책 몇 권씩만 남겼다. 친구들이 저자이거나 옮긴이거나 선물받은 책은 비빌 언덕으로 남겨두었다. 술도 여행지의 추억이 서렸거나 정말 취향에 맞는 위스키 몇 개를 빼고 다 나누어주었다. 친구들이 좋아했다. 이제 슬슬 뿌듯함이 밀려온다.

옷과 그릇들은 과시의 영역으로 정했으므로 그냥 남겨두었다. 한 개도 버리지 않고 대신 컬러별로 기분 좋게 배열만 바꿔주었다. 이 영역에서는 담대히 스트레스를 외면했더니 정신 건강에 아주 도움이 되었다. 이렇게 많은 것이 내가 구분한 대로, 그리고 키워드에 따라 정리되고 정돈되었다.

브랜딩의 핵심을 잘 표현하는 말 중에 좋아하는 문구가 있다.

'본질만 남기고 다 버리되 시적 요소는 남겨둘 것.'

가수 레너드 코렌이 쓴 책 『와비사비』에 나온 말이다. 아마도 일본의 미의식에 영향을 받은 작가의 경험을 통한 통찰일 텐데 나는 이 문구를 브랜딩 프로젝트에서도 자주 인용하여 설명한다.

당신의 집 속에서 시적 요소는 어떤 것인가? 나의 집에서 시적 요소는 공기의 뉘앙스를 바꿔주는 것이고 그것은 주로 향이다. 향과 오일과 초를 사는 데는 아끼지 않는다. 또한 욕실의 목욕용품에도 이 시적 요소를 위해 과감하게 투자한다. 우리에겐 자신만을 위한 시, 자신만의 명상의 제단이 필요하다.

이제 좋아하는 향이 가득한 집에서 나는 내가 가장 좋아하는 상태의 집을 누린다. 여백의 하얀 벽에 식물 그림자가 지는 것을 바라보며 평온함을 느낀다. 해가 지면 초에 불을 붙이듯 집 안의 스탠드를 하나씩 켠다. 강아지와 하루 두 번의 산책을 하고 돌아와 강아지가 잠을 자는 동안 조용히 책을 읽는다.

배가 고파지면 좋아하는 토마토 수프를 끓이기 위해 도마와 칼을 꺼낸다. 냉장고 안은 미리 정리해놓았다.

김희정

냉장고 안이 또 반성과 도전정신을 가다듬기에 최고의 태릉이다. 그렇게 공간 안에 재료를 칼로 써는 소리와 뭉근한 냄새가 피어오르면 문득 느낀다. 진공 상태와도 같은 둥근 원 안에 들어와 있구나, 라고.

일을 하게 되면 이 안락한 상태에서 백지에 줄 하나 긋는 마음으로 프로젝트의 본질을 하나씩 써내려간다. 그게 아니라면 이제 막 잠에서 깬 강아지와 누워서 딩굴딩굴 노는 거지.

집이란 무엇인가?

일본 영화에는 '타다이마(ただいま)'라는 말이 참 자주 나온다. 문장의 청감과 의미를 다루는 내게 음성적으로도 참 편안하고 인상적인 네 글자였다. "나 집에 왔어."라는 말. "잘 다녀왔어." "잘 도착했어."의 의미를 가진 말. "나 집에 왔어."라는 문장 안에 우주의 미아가 되어 헤매다 귀환한 모험가의 기분이 들어 있다. 먼지의 냄새와 고단한 소음과 헝클어진 기분이 신발을 벗으며 그 문장을 주문처럼 읊조리는 순간 날아갔다. 그것은 착륙의 주문이었다.

집은 나에게 무엇인가 하는 질문은 결국 나는 어떤 존재인가 하는 질문과 같다. 나는 아기자기하게 집을 잘 꾸미는 사람들을 보면 정말 존경스럽다. 그런 능력이 없어서 그저 집을 깔끔하게 정돈해놓고 여백을 많이 둘 뿐이다. 채우기에는 소질이 없는데 비우기에는 자신이 있다. 한때 유행처럼 다른 사람들 집에 놓여 있는 가구들을 따라 사기도 했다. 열심히 돈 벌어서 샀지만 이리저리 배치만 바꾸다 결국 그것들이 내게 마음의 짐만 된다는 것을 알았다. 쿠션도 남의 집에서 본 알록달록한 것이 예뻐 보여 비슷한 것을 여러 개 들여놓았다가 실패했다. 취향과 안목 없이는 흉내를 내도 촌스럽게 튀어 보인다.

집을 보며 나는 '내가 되고 싶던 어른이 되었나?' 하는 질문을 자주 던진다. 죽을 때까지 취향은 자꾸 변할 것이고 나는 기꺼이 무엇에건 휘둘리고 영향을 받을 것이며 아무것도 확신할 수 없는 삶을 살 것이다. 되고자 한 어른의 형태는 아닐지라도 지금처럼 흐물한 어른의 형태로 그저 매 순간의 내 기분을 살펴가면서 타협하고 해석하고 좋게 넘겨버릴 것이다. 그래서 집도 단호하게 어떤 취향으로 꾸민다거나 한마디로 정의 내리기를 항상 망설이게 된다. 이런 느슨한 집에서 하염없이 연약한 어른이 된 것에 만족하며 살아간다. 하루를 달래가면

김희정

서, 솔직하게 휘둘리면서, 그저 오늘치 평온함에 만족하면서.

　자신을 파악해 취향과 역사에 집중해보고 현재의 스스로를 가장 기분 좋은 상태로 놓아두는 것. 집이 지금 이 순간의 형태로 줄 수 있는 가장 큰 선물이다. 수많은 시행착오가 있었지만 나는 내 기분이 가장 소중히 살펴지는 이 공간을 정말로 좋아한다고 말할 수 있다.

　한동안 내가 원하던 집을 꿈꿀 때 그림 형제의 브레멘 음악대 이야기를 자주 떠올렸다. 브레멘 음악대는 당나귀, 닭, 개, 고양이가 각자 고통받던 집에서 나와 브레멘이라는 도시를 향해 함께 가는 이야기이다. 우여곡절 끝에 정작 가려던 그곳에 도착도 못하고 목표했던 음악대의 일원이 되지도 못하지만, 그들은 도중에 함께 무찌른 도둑의 집에 정착하고 만족하며 잘 살아간다.

　꿈을 이루지 못했는데 왜 그들은 행복하게 오래오래 같이 잘 살았는가? 그것은 브레멘에 가려는 이유를 그들이 획득했기 때문이다. 스스로에게 왜? 라는 질문을 했기 때문이다. 뚜벅뚜벅 걸어가 브레멘에 가는 것, 가서 음악 대원이 되는 것이 목적인 줄 알았는데, 질문을 던져보니 그들의 꿈은 그저 어디서건 다치지 않고 안심하며 평온한 삶을 지속하는 것임을 알았기 때문이다. 목표만 먼저 설정하면 본질을 놓치기 쉽지만, 본질을 먼저 생각하면 생각을 전환하기가 쉽다. 나에게 브레멘은 잡지에서 보는 남향의 크고 아름답고 초록이 가득한 집일 수도 있었지만 이제 나는 그곳에 가지 않고도 만족하는 법을 안다.

스스로에게 집이 가진 의미를 물어 가장 자신에게 맞는 것을 찾는다면 꼭 크고 군더더기 없이 세련되게 꾸민 집이 아니어도, 매 순간을 온전한 만족으로 누릴 수 있다고 믿는다. 과거와 현재를 매만지며 폼 나는 이름도 붙여주고 또 외면할 것은 적당히 외면하면서 한구석 나만의 시를 즐기는 생활.

나에게 집은 그렇게 나와 사이좋게 타협한 행복의 이름이다.

김희정

내 몫의 여러 책임에
충실한 생활

집에서의 생활을 단단히 만들어 삶의 무게중심을

안으로 이동시키는 일은 어디로 도망치지 않아도

괜찮은, 밖에서 나를 증명받지 못해도

변치 않을 거라 믿어지는 일상을 만드는 일이었다.

강보혜

직장을 그만두기 3개월 전에 이사 온 지금의 집은 처음 볼 때부터 여러모로 마음에 들었다. 사람이 거의 다니지 않는 작은 산 앞 구석진 곳에 위치한 오래된 빌라. 거실 겸 주방에 있는 커다란 창으로는 정돈되지 않은 나무들이 보이고, 도보 1분 거리에는 오리와 두루미가 사는 홍제천이 흐르며, 그 옆으로 조용한 카페가 띄엄띄엄 자리해 있었다. 가장 가까운 지하철역까지 버스로 20분 정도 걸리기에 교통이 좋은 편은 아니지만, 그 점 덕분에 다른 동네보다 집 퀄리티 대비 보증금이 저렴했다.

부동산을 나와 동거인과 홍제천을 걷고 나서 근처 카페에서 음료를 주문한 뒤, 이 집에서 살면 달라질 최소 2년의 일상을 구체적으로 그렸다. 여기 이사 오면 아침에 잠깐씩이라도 뒷산을 자주 산책해야지. 근처 시장에서 장을 보고 집밥을 더 자주 해 먹어야지. 천을 따라 걸으며 운동도 자주 해야지. 퇴근하면 근처 카페에서 책을 읽고 조금씩 글도 쓰는 시도를 해봐야지. 그건 이사 전에도 늘 가지고 싶었지만 게으름에 밀려 내 것으로 만들지 못하던 생활이었다. 되풀이되는 신년 계획 같은 청사진을 그리며 전세 계약을 하던 날, 내가 거래한 것은 집뿐 아니라 이 집이 바꿔줄 거라 기대되는, 좀 더 나를 돌보는 데 비중을 두는 일상이었다.

바라던 요소가 꽤 많은 집으로 이사 왔음에도, 집에서의 매일을 바꾸기는 당연히 쉽지 않았다. 많은 직장인에게 그러하듯 나와 동거인에게도 평일 집의 용도는 그저 잠을 자는 곳이었다. 전에 지내던 월셋집보다 공간도 넓고 동네도 좋았는데, 활동 범위는 여전히 침대 주변에서 벗어나질 못했다. 아침 산책은커녕, 간신히 지각을 면할 시간에 일어나 작은 두유팩을 입에 물고 눈을 반쯤 감은 채 출근하는 날이 대부분이었다.

직장이 특별히 혹독했던 것은 아니다. 나는 거기서 하는 일을 나름 좋아했고, 본받고 싶은 사람도 많이 만났으며, 그것을 행운이라 여겼다. 그래서 그 사이에서 일 잘하는 사람이 되고 싶었고, 눈치 빠르고 트렌디한 사람, 동료들에게 도움을 주는 사람이 되고 싶었다. 그러다 보니 스스로에게 자주 가혹해졌다. 수시로 남과 비교하며 나는 왜 저 사람처럼 일하지 못할까, 자괴감에 빠질 때가 잦았고, 그래서 퇴근 후 집에서도 업무에 도움이 될 만한 콘텐츠를 찾아 헤맸다. 나보다 남을 크게 생각하니 누군가 업무 요청을 하면 그것을 우선으로 처리하느라 정작 내가 집중해야 하는 일은 퇴근 시간 후에 몰아서 할 때가 많았다.

그렇게 직장 생활에 하루 에너지를 다 털고 나면

강보혜

퇴근 후 집에서 일상을 살필 체력이 조금도 남아 있지 않았다. 현관에 신발을 벗자마자 침대에 쓰러지듯 눕고, 공허하게 SNS를 하다 보면 9시 반 언저리. 무엇을 만들어 먹기도 애매한 시간에 최대한 간편한 것으로 겨우 저녁을 먹고 싱크대에 설거지 거리를 몰아넣는다. 주말이 되면 쌓인 설거지 거리와 쓰레기 더미를 보며 '뭐 대단한 한 주를 보냈다고 이렇게 생활이 엉망인가.' 하고 다시 자괴감에 빠진다.

생활을 돌보지 못하는 날이 쌓이니, 삶에 대한 불만도가 높아졌다. 그 감정을 상쇄시킬 보람이나 재미, 인정을 일에서 찾을 수 있기를 바랐지만 대체로 잘 되지 않았기에, 마음의 결핍이 심해지면 좀 더 나아 보이는 삶의 레퍼런스를 찾는 데 돈과 시간을 썼다. 필요 이상으로 정보에 집착하고, 책과 프로그램을 결제하고, 일과 생활을 두루 잘 해내는 힙한 인물들을 팔로잉하며 대리만족하다가, 나와 비교하며 슬퍼하는 악순환을 반복했다.

크게 나쁜 일은 없었지만 그렇다고 좋지도 않은 생활에 지쳤을 때, 직장의 상황도 좋지 않게 되어 자의 반 타의 반으로 그곳을 나왔다.

퇴사 이후엔 큰 계획이 없었다. 일단 반년 정도는 다시 직장인이 되지 말아보자고 다짐했다. 애써 구한 마음에 드는 집에서 방학을 최대한 만끽한 뒤, 충분한 에너지를 회복하면 밥벌이의 삶으로 다시 돌아가야지 하는 마음이었다. 그렇게 본격 집에 박힌 생활을 시작했다.

밥 짓기가 만들어준 작은 밥벌이

집에 있는 시간이 많아지면 누리고 싶던 일상 중 첫 번째는 매 끼니를 채식으로 차려 먹는 일이었다.

　　나는 채식주의자다. 인간이 동물을 너무 많이 먹어서 생기는 여러 문제에 대해 알게 된 뒤, 동물을 재료로 만든 음식들을 전과 같이 대할 수 없게 되었다. 채식은 올해로 4년 차다. 그러나 나는 꽤 오랫동안 나를 채식주의자라고 말하기가 어려웠다. 지향점이 있기는 했지만 실천을 잘할 자신이 없었고, 괜히 힘주어 말했다가 실패하는 모습을 보여 비아냥을 살까 두려웠다. 밖에서는 여전히 동물성 성분이 들어가지 않은 음식을 찾기 어렵고, 있다고 하더라도 비건(완전 채식) 친화적인 메뉴가 있는 식당은 대부분 비싸다. 한동안 도시락을 싸보기도 했지만, 누군가의 식료품 지원이 없는 자취생이 매일 도시락을 싸는 일은 쉽지 않았다.

강보혜

게다가 채식주의자임을 밝히는 일은 주변인들을 꽤 불편하게 만드는 일이기도 하다. 다행히 내 주변엔 채식에 대한 생각을 밝혔을 때 무례한 조언을 하거나 무안을 주는 사람이 거의 없었지만, "오늘 닭갈비 먹을까?"라고 말을 꺼내다 나를 보고는 아차차 하고 다시 고민하는 사람들을 볼 때, 나는 그 찰나의 어색한 공기에 '으아아.' 하고 견딜 수 없는 마음이 됐다. 강단 없는 실천은 초심을 쉽게 무너뜨렸고, 이런저런 핑계로 나는 치킨, 족발, 삼겹살 같은 '대놓고 고기'만 안 먹는 채식을 하기도 했다가, 그마저 포기하기도 했다가, 다시 또 달걀까지만 먹는 등 채식 방식을 자주 달리했다. '이거라도 하는 게 어디야?'라고 스스로를 도닥일 때도 있었지만, 동물성 식품을 줄여야 하는 당위성에 공감하면서도 겨우 그 정도의 실천밖에 하지 못하는 나 자신이 부끄러울 때가 더 잦았다. 그 마음을 끼니마다 돌아보는 일은 스스로를 좀먹게 했다.

집에 있는 시간이 많아지고는, 누적된 인식-행동의 불일치 경험과 화해하고 싶었다. 그간 포기하지 못했던 달걀을 포함한 모든 동물성 식재료를 사지 않기로 했다. 새로운 요리도 더 자주 해보며 나만의 채식 레시피를 축적해가고 싶었다. 나는 전형적인 한국 입맛을 가진 사람. 하루 한 끼 이상은 국물과 매운 것을 먹어줘야 하기에 그런 메뉴를 채식으로 변형해 만드는 시도를 자주 했고, 이제는 고기 없는 감자탕, 향신료와 채수로 끓이는 쌀국수, 육개장에서 고기를 뺀 채개장, 어묵 대신 유부를 넣은 떡볶이 등의 메뉴를 자신 있게 만들 수 있다. 그때그때 당기는 음식을 상상하는 기본값이 채식이 되니, 이제 고기 맛은 거의 생각나지 않는다. '아는 맛'이 그리운 기분은 대부분 양념 맛에 대한 것이기에, 비슷한 양념을 만들어 주재료를 바꿔 직접 해 먹는다.

노하우가 쌓이니 이제 채식을 지향한다고 말하는 일에, 그리고 그 당위에 대해 말하는 일에 조금 더 적극적인 마음이 됐다. 상황 탓을 하며 자신 없어 하던 태도를 접고 일단 지금의 내가 실천해봄 직한 범위를 넓혔다. 집밥을 하고, 레시피를 공유하고, 약속이 있을 땐 웬만하면 친구들을 집에 초대해 먹고 싶어 하는 메뉴를 비건으로 요리해 먹였다. 비건으로 덮밥도, 찌개도, 파스타도, 팟타이도, 두유 요거트도 해 먹을 수 있다는 것을 경험하게 해주니 채식에 대해 긍정적인 태도를 보이는 친구들이 많아졌다. 이제는 그들과 밖에서 약속을 잡을 때도 비건 친화적인 식당에 가는 일이 쉽다.

강보혜

그렇게 밥 짓기 생활을 이어가던 어느 날, 일하는 여성들을 위한 커뮤니티 '빌라선샤인'에서 나의 비건 생활, 비건 레시피에 대해 프로그램을 진행해 달라는 연락을 받았다. 집밥을 주제로 돈을 벌어본 첫 번째 경험이었다. 프로그램 참여자 중에는 〈요즘 것들의 사생활〉이라는 유튜브 채널 운영자도 있었는데, 이후 그의 초대를 받아 채식 생활을 주제로 유튜브 시리즈를 함께 만들기도 했다.

그렇게 채식 밥 짓기가 일로 연결되는 경험이 쌓여 나는 이제 채식 집밥 레시피 소개, 집밥 과외, 아주 가끔 비건 팝업식당을 여는 일 등을 소소하게 하고 있다. 삼시 세끼를 채식으로 만들어 먹는 공간인 집은 이제 작업실 역할을 겸한다. 이 집에서 밥을 해 먹고, 친구들을 초대하고, 레시피를 정리해둔 뒤 영상 기획안과 원고를 쓰며, 채식에 대한 사람들의 진입장벽을 낮추는 일을 한다. 집에 박혀 보낸 밥 짓기의 시간이 작은 밥벌이 기술이 되어 준 셈이다.

이제 나는 스스로를 채식주의자라고 거리낌 없이 말한다. 여전히 100% 완벽한 채식은 어렵고, 상황이 허락하지 않을 때는 조금 유연성을 두지만, 이제는 습관이 쌓인 덕분에 앞으로도 기본값을 채식으로 유지할 수 있겠다는 확신이 생겼다. 그래서 하루 한 끼 채식, 비건 위크, 일주일에 하루 채식 등의 방법으로 조금이라도 시도해보려는 친구들이 생기면 기쁜 마음으로 지지한다. 그렇게 '육식을 좀 줄여볼까?'라고 마음을 먹은 이들이 좀 더 편한 마음으로, 쉽게 시도해볼 수 있게끔 작은 노하우를 공유하고, 완벽하지 않아도 조금씩 습관을 쌓아보기를 독려하는 일을 내가 해야 하는 일 중 하나로 여긴다. 이렇게 간헐적으로라도 채식을 지향하는 사람이 많아지면 채식이 쉬운 환경도 더 빨리 만들어질 것이다. 그런 토양을 만드는 일에 아주아주 작은 역할이라도 보태는 사람이 된다면 기쁘겠다.

동네 카페가 만들어준 커뮤니티 생활

친구들은 나의 동네 붙박이 생활을 꽤 신기해 하는데, 그중 가장 특이해 하는 부분이 이웃이 많다는 점이다. 나는 이 동네에 오고 태어나 처음으로 동네 이웃과 교류하는 일상을 살고 있다. 이건 다 '보틀팩토리'라는 카페 덕분이다.

보틀팩토리는 최대한 쓰레기를 만들지 않고 운영

강보혜

하는 실험적인 카페다. 테이크아웃컵, 빨대 같은 일회용품을 쓰지 않을 뿐만 아니라 동네 차원으로 일회용품 없는 소비를 지향할 수 있게끔 여러 기획을 하는데, 동네 소규모 생산자들이 채소나 과일, 소스, 원두, 친환경 세제 등을 포장재 없이 팔게 하는 마켓 '채우장', 일정 기간 동네 가게에 용기를 들고 가 포장하면 리워드를 주는 축제 '유어보틀위크' 등이 그것이다. 밀폐용기를 가져가야 장을 볼 수 있다니 불편하지 않을까 걱정도 되었는데, 그렇게 장 본 것들은 따로 옮겨 담지 않고 바로 냉장고에 넣을 수 있어 오히려 가뿐하다는 것을 경험한 뒤론 종종 그 새로운 소비 방식에 가담하고 있다.

동네의 작은 카페에 자주 가며 그곳에서 제시하는 새로운 소비 경험을 쌓는 것만으로도 나는 '쓰레기를 최대한 덜 만들려는 사람'으로서 의지를 조금씩 키울 수 있었다. 직장인으로 살 때는 퇴근할 때즈음 쓰레기통에 소복이 쌓인 일회용기를 보며 '나 하나 더 한다고 뭐.'라는 생각에 금세 안일해졌는데, 자주 가는 공간이 바뀌니 이 일회용품이 주는 무게가 달라졌다. 두유팩 하나를 버릴 때도 그냥 버리는 게 아니라 플라스틱 부분을 뜯고 씻고 말리는 사람들이 바로 옆에 사는 것이다. 버리지 않으려고, 세상에 좀 덜 유해하려고 뭐라도 해보는 그들의 부지런을 허망하게 만들고 싶지 않아 나도 최대한 쓰레기를 줄이고, 물건을 다시 사용해보게 되었다.

나뿐만 아니라 동네의 많은 주민들이 그러는 듯했다. 선명한 생활 습관을 길러준 이 카페의 여러 활동에 나름의 소속감을 가지고 소비자로 또 서포터로 참여하면서, 비슷한 지향점을 가진 이웃들을 많이 만났다. 그들과 안 쓰는 물건들을 내놓는 벼룩시장을 하고, 플라스틱 사용을 줄일 수 있게 돕는 적정기술 워크숍을 진행하고, 재사용이 가능한 포장재를 모아 사용할 수 있을 만한 동네 가게에 가져다주는 재순환 방식을 고민하고, 일주일에 한 번 뒷산에 가서 누군가 무단투기한 쓰레기를 줍는 활동을 했다. 혼자 했으면 이른바 '현타'를 느꼈을 작은 활동들을 함께하니 좀 더 무게감을 느끼게 됐다. 그렇게 이웃들과 서로의 현타방지위원회가 되어주며 우리는 동네 차원의 쓰레기 줄이기 실험을 이어가고 있다.

그리고 이제는 그 이웃들과 쓰레기 줄이기 활동 말고도 이것저것으로 왕래한다. 수박 한 통을 선물받으면 나와 동거인 둘이 다 먹을 수 없기에, 조각 내서 락앤락에 담아 이웃에게 배달을 간다. 그들은 수박을 가져간 내 손에 또 뭘 쥐여주기에, 집에 오는 길 손에는 카레나 복숭아 같은 것이 들려 있다. 나에게 약간 넘치는 것을 파

강보혜

악한 후 필요한 주변과 나누니 음식이 썩어 문드러지거나 처치 곤란해지는 일이 적다. 나 또한 이웃에게 넘치는 어떤 것을 나눔 받으며 새로운 식재료를 만지고 식물을 기르는 등 일상의 지평이 이웃의 영역으로까지 조금 넓어졌다.

그리고 이제는 필요한 것을 커뮤니티 차원에서 자급자족하기도 한다. 기타를 배우고 싶던 나와 이웃 친구는 학원이나 개인 레슨을 알아보는 대신 함께 기타를 배울 이웃들을 모으고, 그룹 레슨을 해줄 선생님과 동네 공간을 섭외했다. 그렇게 가까운 공간에서 적은 비용으로 함께 기타를 배운 지 반년이 넘었다. 필요한 서비스를 시장의 선택지 중에서 고르는 것이 아니라 내게 맞는 옵션으로 만들어보는 일은 꽤 큰 해방감을 선사해주었다. 그 외에도 이웃이 개나 고양이를 잠시 봐줄 수 있냐는 부탁을 하면 출동하기도 하고, 나 또한 소소하게 도움을 요청하며, 필요한 것들을 어느 정도 동네 내에서 채우는 경험을 해나가고 있다.

각자에 대해 너무 많이 간섭하지 않으면서도 서로를 꽤나 믿음직하게 여기고, 이해관계를 기반으로 두지 않되 적당히 목적지향적인, 처음 접한 21세기형 이웃들의 존재가 나는 자주 고맙다. 그들과 동네에서 앞으로도 이런저런 작은 일을 벌일 수 있음을, 가끔 서로 약간의 신세를 질 수 있음을, 나 또한 줄 수 있는 도움이 있음을 수시로 감각하면서, 동네에 대한 소속감과 든든한 마음을 다져가고 있다.

내가 줄 수 있는 마음을 충분히 주고받는 생활

어떤 생명체를 책임진다는 건 나에게 상상하기 너무 어려운 일이었다. 동물을 좋아하고, 동물과 사는 기쁨을 말하는 친구들에게서 내리사랑하는 얼굴의 풍요를 볼 때면 종종 부러움을 느꼈지만, 그 마음 때문에 평생 책임져야 하는 존재를 만들 수는 없었다. 나는 내 몫의 먹고사니즘을 영영 해결해야 한다는 걱정에도 늘 압도되는 사람이고, 이십대 내내 코앞을 메꾸는 일에 급급했기에 일, 공부, 생활 모두를 장기적인 관점으로 보기는커녕 1년 이상의 계획을 세워본 적도 드물다. 그런 내가 10년이 넘는 기간 동안 경제적, 정서적, 물리적 돌봄을 약속하는 일을 할 수 있을까? 대답은 절대 NO였다.

그러나 집에서 주로 생활한 몇 달 동안 나는 아주 조금 자신감을 얻었다. 밥벌이는 축소됐지만 생활력이

강보혜

대폭 성장한 덕에 적은 자원으로도 나를 잘 돌볼 수 있게 되었다. 여전히 불안한 지점은 많지만 '이 감각이 있다면 앞으로 환경이 바뀌어도 어느 정도의 생활은 잘 해나갈 수 있겠다' 싶어지니 여분의 걱정 에너지를 돌봄에 쓰고 싶어졌다. 게다가 지금은 시간이 많고, 내가 정말 여력이 안 되는 날에는 잠시 와서 돌봐줄 이웃들도 있고, 집 앞뒤로 산책하기 좋은 환경도 있으니까, 동물을 돌본다면 지금 시작하는 게 최적이지 않을까.

그런 생각을 품기를 몇 달, 나와 동거인은 임시 보호를 시작했다. 입양까지는 아직 부담스럽지만 임보는 할 수 있으니, 이 기간을 통해 최선을 다해 개를 보살펴 보고, 우리가 장기적인 반려를 할 수 있는 사람들일지 판단해보려 했다. 그렇게 다복이가 우리 집에 왔다.

보호소에서 안락사 직전에 구조돼, 중간에 임보인 한 명을 거쳐 우리 집으로 온 다복이는 반려동물과의 생활이 처음인 우리에게 난이도가 많이 높은 개였다. 보더콜리와 웰시코기의 믹스견으로 추정되는 한 살 반쯤 먹은 이 개는 세 시간 넘게 산책을 해도 지치지 않았고, 잠깐만 시선을 떼면 물건을 박살 내며, 사람을 너무 좋아해 우리는 물론이고 만나는 사람마다 자빠뜨려 얼굴을 침 범벅으로 만드는 에너자이저였다. 존재감이 너무 커서

매일 화들짝 놀랐지만, 그 존재감 때문에 며칠 만에 우리
는 이 친구 없는 일상이 매우 허전해질 것 같은 느낌이
들었다. 이 개를 키우는 일이 쉽지 않으리라는 게 눈에
훤한데, 하루하루가 다르게 정이 들어 '이렇게 저렇게 돌
보면 어떻게든 키울 수 있지 않을까?' 하는 상상력이 자
꾸 발휘됐다. 그렇게 임보 열흘 뒤, 우리는 다복이를 입
양하기로 결정했다.

입양해서는 안 되는 이유를 대라면 끝없이 말할 수
있었지만, 막상 결정하고 나니 많은 것이 간결해졌다. 다
복이는 분리불안 증세, 입질, 짖음과 식분증, 보이는 것
은 대부분 물어뜯고 먹어버리는 등의 행동을 보였기에,
한동안은 곁에서 잘 지켜보며 적응을 돕는 게 좋을 것 같
았다. 나는 조만간 다시 풀타임 직장을 구하려던 계획을
미뤘다. 다복이의 적응을 최우선순위로 두되, (돈은 다시
벌어야 하니) 시공간을 자유롭게 쓰며 할 수 있는 일들을
찾아보기로 했고, 그렇게 반강제로 N개의 밥벌이 실험
을 시작했다.

기존에 기획자로 일했던 경험을 살려 한 회사와 주
2일, 재택을 병행하는 근무 조건으로 프로젝트 계약을
맺었고, 채식과 관련한 유튜브와 커뮤니티를 만드는 일
을 이어갔다. 그 외에 한 기업의 홈페이지에 게시되는 글

강보혜

을 다듬는 일, 동네 친구들에게 두유 요거트를 배달하거나 채식 집밥 수업 등을 하며 생활비를 벌었다. 그렇게 일한 소득을 다 합치니 직장에서 받던 월급에는 못 미쳐도 그 달의 생활에 필요한 비용보다는 많았다. 1주 평균 25~30시간 정도를 일했고, 모두 전업이 아니다 보니 스트레스가 크지 않았다. 대부분 집에서 해도 되는 일이라 출퇴근에 사용하던 에너지도 많이 아꼈다.

그 남는 에너지와 시간의 상당 부분을 다복이를 돌보는 데 썼다. 하루에 두 번 산으로, 천으로 다복이를 산책시키고, 산책길에 이웃 카페들에 들러 안부를 나누고, 산책에서 돌아오면 다복이의 발을 닦아준 뒤 충분히 빗질하고, 밥과 물을 주고, 개에 대해 공부하며 기본적인 것들을 훈련시켰다.

좋은 반려인이고 싶어서 한 선택이 결과적으로 나에게도 더 나은 생활을 열어주었다. 일하는 시공간을 다복이에 맞추기 위해 전업하지 않고 여러 개의 일을 병행했는데, 이렇게 일하는 방식도 내게 잘 맞는다는 것을 발견했다. 내 역량을 넘어서는 일을 하지 않은 덕분에 남는 시간과 에너지를 생활을 돌보는 데 쓸 수 있었다. 밥을 잘 지어 먹고 설거지와 빨래를 제때 했다. 다복이와 많이 걸은 덕에 체력이 전보다 좋아졌다. 반려인이라는 공통점을 통해 이웃도 더 많이 생겼다.

다복이 덕분에 나는 나만 알고 나만 걱정하던 좁은 세계를 아주 조금 넓혔다. 다복이 덕에 나는 동물이 생각보다 훨씬 입체적인 존재라는 것을―구체적인 두려움을 느낄 줄 알며, 사람을 오래오래 기억하고, 꿈도 꾼다는 것을―알게 됐다. 다복이로 인해 나는 다른 동물들을 걱정하고, 뭘 할 수 있을지 고민한다. 일단은 내가 할 수 있는 선에서 관심을 가지고, 단체를 후원하고, 채식을 조금 더 열심히 한다.

요즘 "나도 동물을 키우고 싶은데 자신이 없다."는 이야기를 자주 듣는다. 모두가 동물을 키울 수는 없겠지만, 누구나 좀 더 자신 있게, 책임감 있게 반려하는 삶을 선택할 수 있으면 좋을 것이다. 그러려면 어떤 것들이 달라져야 할까? 우선 반려동물과 함께할 수 있는 시간, 에너지가 있어야 한다. 일을 덜 하거나, 출퇴근 등에 소모되는 에너지라도 절약하면 훨씬 나을 것이다.

동물을 배척하지 않는 문화도 당연해지면 좋겠다. 월세와 전세를 전전해야 하는 사람(나 포함)은 이번 집에서는 반려동물이 허용된다 해도 미래의 집주인까지 그럴지 알 수 없다. (실제로 이 이유로 버려지는 동물이 정말로 많

강보혜

다.) 더 많은 집주인들이 세입자의 반려동물을 환대해준다면 많은 동물들이 보금자리를 얻을 수 있을 것이다. 동네에 동물과 함께 갈 수 있는 가게가 많아지고, 그래서 사람들이 동물과 한 공간에 있는 일을 어색하게 느끼지 않게 하는 일도 중요할 것이다.

　　나는 다복이를 기르며 더 많은 사람들이 동물을 키우고 동물에게 친절하면 좀 더 나은 세상이 될 거라고 믿게 됐다. 나만 아는 세계를 조금씩 넓혀가는 사람이 많은 세계. 나 말고 다른 존재를 이해하는 데 충분한 시간을 쓰는 사람이 많은 세계. 마음 놓고 반려인이 될 수 있는 조건이 당연한 세상은 지금보다 훨씬 나은 것들을 보장하리라고 믿는다.

무게중심을 집에 두는 삶

이십대 내내 어디론가 이동하고 싶었다. 지금 있는 곳이 아닌 다른 곳으로 가면 좀 더 나은 삶을 살 수 있을 것만 같았다. 그래서 열심히 돈을 모아 한국 밖으로 오래 도망쳐보기도 하고, 새로운 일을 벌이는 사람들의 곁을 좇아 그들 사이에 속하려 노력하기도 했다. 하지만 아무리 새로운 환경에 나를 노출시켜도 잠깐 재밌을 뿐 금세 더 불안해질 때가 많았다.

집에서의 생활을 단단히 만들어 삶의 무게중심을 안으로 이동시키는 일은 어디로 도망치지 않아도 괜찮은, 밖에서 나를 증명받지 못해도 변치 않을 거라 믿어지는 일상을 만드는 일이었다. 요즘의 나는 적당한 책임감을 가지며 일하되 너무 무리해서 잘하려 하지 않고, 적당히 내가 먹을 만한 음식을 만들어 나눠 먹고, 산책하고, 이웃을 만나는 일상에 뿌리내리고 있다. 이런 매일 덕분에 자꾸만 다른 것에 기웃거리고 싶던 마음이 간결해졌다. 남의 삶을 덜 부러워하게 됐고, 누가 뭘 배우는지, 어떤 것을 읽는지, 늘 미어캣처럼 살피던 시선이 둔감해졌다. 불안이 줄고, 불안해서 하던 소비가 줄고, 소비가 줄어드니 경제적 걱정도 막연했던 크기에서 손에 잡히는 크기 정도로 줄었다.

당연히 여전한 불안이 있다. 문득 커리어에 대한 욕망보다 생활의 안정을 더 중요시하게 된 게 결국 퇴보한 삶이 아닐까 싶을 때가 있다. 왜냐하면 이렇게 살아도 된다고 말해주는 사람이 거의 없었기 때문이다. 여전히 나는 사회에서 적당히 영향력을 미치는 사람으로 살고

강보혜

싶고, 그것을 잘 해내고 싶기도 하다. 하지만 그러려면 내가 가진 능력 이상으로 열심히 살아야 할 것이고, 그러다 간신히 단단하게 만든 생활을 다시 홀대하게 될까 봐 두려운 마음 또한 있다. 어떤 것이 진짜 내 욕망인지 종종 헷갈린다.

나는 일하는 자아가 다복이 보호자, 비건지향인 정체성을 위협하지 않는 노동을 꿈꾼다. 매일 사람이 밀집된 대중교통에서 많은 시간을 보내며 다시 날카로워질까 봐, 이해관계가 얽힌 사람들의 눈치를 많이 보게 될까 봐, 그렇게 지친 마음으로 너덜너덜 집에 돌아와 정작 나 자신과 가까운 것들은 홀대하게 될까 봐, 내 입에 넣을 끼니를 만들 에너지가 없어 배달음식에 의존하게 될까 봐, 직장인으로서의 자아를 가장 책임감 있게 다루느라 다른 책임들에 무심해질까 봐, 나는 겁먹고 있다. 일과 삶을 분리해 일은 짊어져야 하는 것으로, 삶은 그에 대한 보상으로 보는 게 아니라, 각각의 정체성을 공존시키며 전체적으로 감각할 수는 없을까. 그런 노동이라면 정말로 책임감 있게, 잘 해나갈 자신이 있는데……. 이런 생각을 품는 나는 아주 먼 이상을 바라보는 사람일까.

그런데 이런 일상에 대한 욕망은 지극히 사적이기만 할까? 나는 내 생활과 생활이 미칠 영향력 또한 생각하고 돌보는 것이 사회와 연결되는 중요한 의무라고 생각한다. 그 감각을 길러나갈 수 있는 기회를 주는 것 역시 사회가 가져야 할 책임이라고 믿고 있고.

코로나19로 재택근무가 낯설지 않게 되고, 이제는 출퇴근을 의무적으로 하는 것에 대해 물음표를 던지는 사람이 많아졌다. 이 기세를 몰아 원격근무가 더욱 유연화된다면 어떨까. 1주에 사나흘만 일하면 어떨까. 일을 하기 위해 쏟아야 하는 시간과 에너지를 조금만 유연하게 조절할 수 있다면, 예전보다 훨씬, 일 외의 다른 우선순위도 존중하는 삶을 병행할 수 있을 것이다.

나는 내가 중요시하는 다른 것들을 실컷 존중할 수 있는 다음으로 가고 싶다. 그것이 영영 큰 이상이 아니길 바란다.

강보혜

게으름의
상대성 이론

이런 게으름뱅이가 나일 리 없잖아요.

누군가에 의해 조종당하고 있는 게 분명해요.

그러지 않고서야 이렇게까지 한심할 수 있겠어요?

김키미

분위기 내며 볼일 보는 집

"집에 들어가 있을래?"

친구가 집에 놀러 오기로 한 날. 집 근처에 당도했다는 친구의 연락을 받았을 때 나는 퇴근길 러시아워에 갇혀 있었다. 동네 카페도 모두 문 닫은 시각이라 가 있을 곳이 마땅치 않은 상황. 친구에게 집 비밀번호를 알려줬다. 싱크대 위에 어제 먹다 남은 떡볶이가 그대로 올려져 있으니 너무 놀라지 말라는 말과 함께.

30분쯤 지났을까. 앞뒤 맥락 없는 메시지가 하나 도착했다.

— 이거 기사 불러야 하는 거네.

기사? 무슨 기사? 내 집에서 이 녀석 대체 뭘 하고 있는 거지? 물음표도 잠시. '아차!' 하는 생각이 뇌리를 스쳤다.

화장실 전구가 나갔다. 나가도 한참 전에 나갔다.

화장실을 이용하려면 스탠드 조명을 켜야 한다. 분위기 내는 용도의 노란 조명. 처음에는 임시였는데 전구

김키미

갈기가 귀찮았던 나머지 붙박이가 된 조명이다. 밝기가 시원치 않긴 했지만 그럭저럭 살 만해서 그냥저냥 살았다. 혼자 산다는 건 혼자만 불편을 감수하면 된다는 것. 불편도 계속 겪다 보면 무뎌진다. 손님을 초대해놓고도 손님이 겪을 불편을 감지하지 못할 만큼.

캄캄한 화장실 앞에서 당황했을 친구야. 미안해. 그런데 기사를 불러야 한다니, 설마…… 네가 전구를 교체하려고 한 거니?

집에 도착했을 때 친구는 내 방에서 홀로 티브이를 보고 있었다. 냉장고에서 꺼낸 술과 주전부리를 테이블에 예쁘게 세팅해놓고. 여유롭게 입을 오물거리며 "어, 왔어?" 하면서. 누가 보면 우리 같이 사는 줄 알겠다.

싱크대 위에 있던 음식물 쓰레기가 친구 손에 의해 말끔히 정리돼 있었다. 잔뜩 쌓여 있던 설거지도 클리어. 화장실 스위치를 딸깍이자 눈부시게 환한 등이 켜졌다.

전구를 사러 철물점에 갔다고. 화장실 등 사진을 보여줬더니 LED 매입등이라고 하더라고. 직접 하기는 번거로울 것 같아서 기사님을 불러서 교체했다고. 1년 넘게 갈 거라고. 친구는 별일 아니었다는 식으로 무덤덤하게 말했다.

"떡볶이는 다시 못 먹을 것 같아서 그냥 버렸어."

"어어, 버리려고 했던 거야. 고마워."

친구가 좋아하는 해산물을 안주 삼아 밤늦도록 술을 마셨다. 같이 살자고 고백할까 진지하게 고민했다. 그리고 알딸딸한 정신으로 휘영청 밝아진 화장실 변기에 앉아 생각했다.

나 없는 내 집에서 외부인 둘이 저걸 갈았다니. 코미디가 따로 없네. 고마워라. 저게 전구가 아니라 LED였구나. 그러고 보니 나는 전구 크기조차 알아볼 생각을 안 했네. 이렇게 간단히 해결할 수 있는데 그동안 나는 왜 분위기 내며 볼일을 본 걸까. 할 일을 미루는 사람의 심리는 뭘까. 아니야. 나 요즘 너무 바빴잖아…….

술기운이 점점 올랐다.

밖에서는 지킬, 집에서는 하이드

인스타그램에는 내 집인 듯 내 집 아닌 집이 전시돼 있다. 가장 마음에 드는 순간, 찰칵. 사진 찍고는 마음에 드는 일부 조각을 전시한다.

찰칵, 대청소하고 오후 햇살 받은 테이블이 예뻐서.

찰칵, 새로 산 액자에 귀여운 포스터를 끼워 넣고.

찰칵, 내 집에 썩 잘 어울리는 푸른색 이불과 베개.

찰칵, 새로 들인 늠름한 냉장고 앞에서.

소복이 쌓인 먼지와 뒹굴다가 수개월 만에 대청소를 했고, 십수 개월간 둘둘 말린 채로 방구석에 방치돼 있던 포스터이며, 수년간 칙칙하고 해진 침구를 끌어안고 살았다는 이야기는 하지 않는다. 8년 동안 '바꿔야지.' 생각만 하다가 제 기능을 잃고서야 떠나보낸 중고 냉장고는 사진에 담은 적도, 인스타그램에 전시한 적도 없다. 캄캄한 화장실 역시 물론이다. '분위기 내며 볼일 보는 나'는 슬쩍 감추고 '잘 꾸며놓고 사는 나'만 드러낸다. 그 세계의 암묵적 규율에 충실히 참여하는 것이다.

문제는 이것이 비단 소셜 네트워크 세계에서만의 괴리가 아니라는 점. 내 속에도 내가 어쩌지 못하는 두 인격이 대립한다. 지킬과 하이드다.

지킬은 완벽주의자다. 여러 가지 역할을 모두 잘 해내고 싶어 한다. 브랜드 마케터인 직업인으로서, 내 글을 쓰는 작가로서, 다양한 사람들과 관계 맺고 살아가는 사회인으로서 어디서나 인정받고 싶어 한다.

일개미 DNA를 타고난 지킬은 적당한 만족감보다는 뚜렷한 성취감을 원한다. 업무에 100% 이상을 쓰지 않는 게 좋다는 걸 머리로는 알지만 실천이 안 된다. 그래서 퇴근 후엔 어김없이 방전. 워커홀릭인데 글도 써야 해, 사람 좋아해, 그런데 체력은 약해서 틈틈이 쉬어주기까지 해야 하니 시간을 금같이 보게 됐다. 아니, 금은 돈 주고 살 수라도 있지. 따지고 보면 시간이 더 귀하다.

시간은 모든 인간에게 공평하게 주어진다. 부자에게나 빈자에게나 하루는 똑같이 24시간이다. 시간의 운용은 오로지 개인의 몫. 시간을 영리하게 쓰는 사람은 24시간을 가지고 48시간, 72시간어치 효율을 낸다. 반대로 그 24시간을 아예 없느니만도 못하게 그냥 흘려보내는 사람도 있다.

주어진 시간 안에 다양한 일을 처리하고 싶고, 짧은 시간 안에 높은 퀄리티를 내고 싶은 지킬은 생각했다. 잠을 줄여서 가용 시간을 늘리거나 철저한 시간 관리로 생산성을 높여야 한다. 잠을 줄이면 수명이 줄어들 것 같아서 시간을 계획적으로 운용하는 편을 택했다. 매일매일이 생산성 높이기 훈련. 매일매일이 엄격한 챌린지다.

김키미

지킬에게 하이드는 상극이다. 하이드의 특기는 할 일 미루기. 취미는 아무것도 하지 않기. 오로지 시간을 낭비하며 숨 쉬는 존재다.

지킬은 사회생활에 능한 반면, 하이드는 천상 은둔자다. 그래서 나 혼자만의 공간인 집에서 가장 존재감을 드러낸다. 하이드의 일상은 의식주로 간단하게 설명할 수 있다.

의(衣)는 항상 파자마. 한 달에 한 번꼴로 빨랫감을 모아서 '세탁특공대'에 보낸다. 집이 업무 공간이 된 뒤로는 빨래라고 해봤자 파자마, 속옷, 수건이 전부. 속옷은 좀 그런가? 처음엔 망설였다. 그러나 게으르디게으른 하이드가 속옷만 손빨래할 리는 만무하다. 처음 한 번이 어렵지, 두 번 세 번은 쉽더라.

식(食)은 '치타'에게 맡긴다. 쿠팡이츠 치타배달. 먹는 거에는 진심인 편이라 종종 요리 의욕이 샘솟곤 하는데, 장 보러 집 밖에 나가는 일은 거의 없다. 쓱배송과 샛별배송이면 충분하니까.

하이드가 주로 머무는 주(住)의 공간은? 당연히 침대. 반쯤 드러누운 자세로 하염없이 티브이 리모컨을 굴리는 게 하이드의 주 임무다. 넷플릭스와 왓챠와 올레 TV를 오가며 흐리멍텅한 눈으로 영상물 소비하기. 티브이 틀어둔 채 핸드폰으로 또 다른 콘텐츠 동시 소비하기. 그러다가 스르륵 잠들기.

최선을 다해 게을러야 하는 하이드는 하이드 나름대로 바쁘다. 화장실 불이 나가도 철물점에 갈 시간 따위 없다. 하이드의 밤이 지나고, 해가 떠오르면 다시 지킬이 돌아온다. 할 일 많은 지킬은 또 열심히 챌린지에 참여한다. 하이드가 까먹은 시간을 만회하려면 더 바삐 움직여야 한다. 그러니 하루하루가 전쟁일 수밖에.

하이드에 의해 침대에 몸이 결박된 상태일 때 '나'는 심사가 복잡하다.

글 써야 하는데…….
산책 나가고 싶다…….
오늘 쓰레기 버리는 날인데…….

티브이를 보다 보다 더 이상 볼 게 없으면 관찰 예능을 보는데, 복잡한 감정은 그 틈에 점차 덩치를 키운다.

와, 저 사람은 3층짜리 집을 계속 오르락내리락하네. 나는 지금 몇 시간째 누워만 있는데.

김키미

김치를 직접 담가 먹다니. 내가 해 먹는 집밥은 잽도 안 된다.

제로 웨이스트 실천가라니, 멋지다! 아, 나는 오늘 또 온라인 장보기 했네. 플라스틱을 얼마나 소비한 거냐. 지구한테 면목이 있냐 없냐.

차 가지고 캠핑 다니는 거 부럽다! 근데 나 올해도 운전면허 안 땄네? 그냥 평생 뚜벅이로 살아라.

저렇게 부지런하니까 성공한 거야. 나는 틀렸어.

티브이를 보고 있는 나도 집에 있고, 티브이 속의 연예인도 집에 있는데, 일상의 풍경은 너무나 다르다. 여기 있는 나는 늘 게으르고 저기 있는 연예인들은 늘 부지런하다.

물론 아주 가끔은 게으른 연예인이 나오기도 한다. 아무리 게을러도 나보다 더 게으른 사람은 없었지만. 아무튼 동질감을 느끼며 흐뭇하게 시청하다 보면 꼭 패널들의 핀잔 섞인 멘트가 끼어든다. 일어나서 지금까지 한 게 뭐냐. 밥다운 밥을 먹어야지. 좀 씻어라.

"아오, 자기 집에서 자기 맘대로 하겠다는데 왜들 저래?"

내 목소리에 흠칫 놀란다. 웬 짜증? 저거 다 연출이고 대본일 텐데. 알면서도 나한테 하는 말 같아서 저항하고 싶은 심보다. 나도 이러고 있는 내가 싫다고 변명하고 싶어서.

아무것도 하지 않는 상태로 눈만 끔뻑이는 나 때문에 괴로워하는 내가, 나도 싫어요. 해야 할 일이 산더미인데 아무것도 하지 않는 날은 더 싫어요. 그런데 내 앞엔 거의 매일 산더미가 놓여 있죠. 매일 무언가를 미루며 사는 거예요. 그러니까 지금 침대에 붙어 있는 나는 내가 아니어야만 해요. 이런 게으름뱅이가 나일 리 없잖아요. 누군가에 의해 조종당하고 있는 게 분명해요. 그러지 않고서야 이렇게까지 한심할 수 있겠어요?

게으름의 상대성 이론

얼마 전 첫 책 『오늘부터 나는 브랜드가 되기로 했다』를 출간했다. 기획 구상부터 출간까지 장장 1년 8개월이 걸린 책. 책을 쓰는 동안 나는 하이드와 지난한 사투를 벌이느라 1년 이상 허송세월을 보내야 했다. 그러나 그 시

김키미

간이 아까운가? 자문하면 전혀 그렇지 않다. 반드시 필요한 시간이었다.

나다움에서 브랜드다움을 찾는 시간. 전문성보다 정체성을 공고히 하는 과정. 한 단계씩 나를 들여다보고 정리하고 정의하면서 인정했다. 하이드도 나다움의 일부라는 걸.

끼니를 챙기기 어려운 상황일 때 우리는 "먹을 수 있을 때 많이 먹어둬."라는 말을 한다. 지난날 나의 휴식도 그랬다. 제대로 쉬어주질 않으니 쉴 수 있을 때 양껏 쉬어둬야 했다. 달리는 법만 알았지, 쉬는 법을 몰랐던 거다. 몸은 편할지언정 마음은 산란한 가짜 쉼이었다. 쉬지 못한 만큼 쉬어야 한다는 보상 심리와 할 일을 미루며 생기는 죄책감이 충돌했기 때문이다.

바쁘다 바빠 현대사회에서 우리는 필연적으로 여러 개의 정체성을 가지고 산다. 일할 때 일하고, 놀 때 놀고, 쉴 때 쉬는 여러 명의 '나'와 공존하는 것. 안에서 새는 바가지가 밖에서도 새는 일은 없다. 안에서 새는 자아와 밖에서 새지 않는 자아, 이런 나와 저런 나를 넘나들며 산다. 그중 '썩 마음에 들지 않는 나'도 있기 마련.

쉬는 법을 몰랐던 나는 마땅히 쉬어야 하는 시간

에 쉬고 있는 나를 온전히 받아들이지 못했다. 게으름뱅이 주제에 지나치게 관대하다며, 이 정도면 자기기만 아니냐고 자책했다. 제 집에서 제 맘대로 하는 게 누구한테 해를 끼치는 것도 아닌데, 스스로에게 야박했다.

이것이 문제 상황이라는 걸 인식한 건 책을 쓰면서 '상대적 박탈감'에 대해 정확히 알고부터다. 상대적 박탈감에서 '상대'는 내가 비교 대상으로 삼는 레퍼런스 그룹을 말한다. 은연중에 나 스스로와 동일시하는 특정 그룹을 정하고, 비교 기준으로 삼는 것이다. 그들과 비교해 내가 우월한 것 같으면 상대적 만족감을, 내가 열등한 것 같으면 상대적 박탈감을 느낀다. '집'이라는 공간에 있다는 공통점 때문에 관찰 예능에 나오는 연예인과 나를 비교하며 괴로워한 것도 상대적 박탈감이었다.

이러한 상대성은 세상 많은 이치에 적용된다. 게으름도 그렇다. '게으르다'와 '게으르지 않다'를 구분할 수 있는 객관적인 기준이 없으니 자기 나름의 상대를 가져와 비교 판단하는 것. 나의 경우 '집 안에서의 나'의 레퍼런스 그룹은 '집 밖에서의 나'였다. 관대한 게으름뱅이의 자아와 엄격한 완벽주의자의 자아를 분리해 싸움 붙인 셈. 체급이 맞지 않는 상대라 애초에 대결이 성사될 수

김키미

없는 경기에서 숱하게 백전백패 당했다.

그런데 이게 나만의 문제는 아닌 듯했다. 주위에서 "저는 진짜 게으른 사람이거든요."라고 말하는 사람을 여럿 본다. 신기하게도 평소에 한 번쯤 '정말 부지런하다!'고 감탄했던 사람이 그런 말을 한다. 당신처럼 부지런한 사람이 무슨 소리냐고 반문하면 은근히 자신을 낮춘다. 알고 보면 게으른 구석이 있는데 티 나지 않을 뿐이라는 거다. 혹시 '집 안에서의 나'를 게으르다고 말하는 건 아닌지 묻고 싶어졌다. 그리고 이렇게 말하고 싶어졌다.

저도 집에서는 되게 게을러요. 애도 그렇고, 쟤도 그럴 걸요? 물론 집에서까지 부지런한 사람도 있죠. 그 사람이 대단한 거예요. 안 부지런하면 뭐 어때요. 집이잖아요. 쉬는 곳이잖아요.

나다운 집은 나 닮은 집

하늘길이 막히고 만남에 인색해지고 원격으로 일하면서 집에만 있다 보니 잡념이 늘었다. 나다운 집, 집다운 집이란 무엇일까. 전에는 좀처럼 하지 않던 고민이 생활 깊숙이 파고들었다.

하이드와 싸우던 시절, 출간 일정을 두 번이나 미루고 더 이상 물러날 데가 없었던 나는 하는 수 없이 긴 휴가를 냈다. 있는 휴가 없는 휴가 다 끌어모아서 집에서 글만 쓰는 '집필 휴가'를 선언한 것이다. 그러고는 집 청소에 필사적인 휴가를 보냈다. 글이 안 써질 때마다 머리를 비운다는 핑계로 청소를 했다. 날마다 집이 깨끗해졌다. 한때 분위기 내며 볼일 보던 집이라는 게 믿기지 않을 정도로.

그러던 중 어느 날 홈쇼핑 방송에서 내 것과 같은 모델의 냉장고(나는 녀석을 '포키'라고 부른다.)가 나오는 걸 봤다. 쇼호스트가 "10년 쓰는 냉장고!"라고 하는데 어쩐지 그 말이 "10년 지기!"라고 들렸다. 그러자 집이랑 노는 기분이 들었다.

사실 한동안은 어색했다. 나 왜 이러지? 사람이 이렇게 갑자기 바뀌어도 되나? 새로운 스트레스 해소법인가? 그러다 도달한 결론은 '시간'. 회사 일을 잠시 멈추고서야 알게 된 것이다.

아, 시간이 생기니까 집을 돌보게 되는구나.

일할 때 격렬하게 일하고, 놀 때도 격렬하게 노는 나는 쉴 때도 격렬해야 해서 충분한 여가 시간이 주어지지 않는 한 집을 돌볼 여력이 없다. 그걸 인정하자 집에게 내보인 나의 게으름에 당위가 생겼다.

이제 알았다. 집은 가장 온전한 쉼의 공간. 있는 그대로의 나를 끌어안아주는 친구다. 그 안에서 나는 누구에게도 보이지 않은 불완전한 자아를 내려놓는다. 어디서도 드러내지 않는 나태함을 발산한다. 내가 만든 공간. 나를 만든 공간. 집 안 구석구석에는 내 모든 성격과 취향과 가치관이 묻어 있다. 어딘지 조금 엉성하고 부족하지만 정다운 집이 바로 나의 집이다.

이제 편안히 받아들이기로 했다.
결국 나다운 집은 나 닮은 집이라는 걸.

앞으로 조금씩
나아간 증거

회의도, 워크숍도, 콘퍼런스도 가능한

온라인의 유연함과 확장성에 놀랐다.

나는 집에 있으면서도 그 어디나 갈 수 있게 되었다.

인터넷만 있다면.

신지혜

상상한 적 없던 전염병이 인류에게 닥쳐도 일과 삶은 계속된다는 걸 작년에 알게 되었다. 2020년에 나는 일하는 밀레니얼 여성들을 위한 커뮤니티 서비스 회사에서 커뮤니티 디렉터로 일했다. 그러나 그 일은 과거가 되었다. 서비스가 작년 12월에 종료되었기 때문이다. 자연스럽게 나도 더는 그 회사의 소속이 아니다. 코로나19의 타격은 내 삶에 잔잔하게 오지 않았다. 묵직하게 왔다.

하지만 코로나19는 나에게 직장과의 이별만을 주지는 않았다. 작년에 나는 열심히 일했다. 돈을 받고 일하는 프로페셔널은 모두 각자의 몫을 하기 위해 최선을 다하고 있으니 굳이 '열심히'라는 수식어를 쓰고 싶지 않지만, 오프라인 커뮤니티 서비스가 불가능해진 초유의 상황에 적응하며 새로운 환경에 맞춰 운영하기 위해 그 어느 때보다 열심히 찾아보고, 궁리하고, 관찰하고, 공부하며 일에 적용했다. 변화에 빠르게 적응하며 온라인으로 어떻게 일할 수 있는지 온몸으로 경험하고 익혔다. 코로나 시대의 변화는 모두 견디고자 하는 시도였다. 이 시기를 어떻게든 잘 건너고 싶은 마음으로 하는 시도.

2020년 2월의 어수선하던 하루하루가 선명하게 기억난다. 지금은 질병관리청이 된 질병관리본부가 어떤 공지를 하는지 하루에도 여러 번 확인했다. 매주 토요일 오전 11시부터 오후 6시까지, 여러 프로그램에 참여하기 위해 오고 가는 사람이 200명 정도인 상황에서 안전하게 대처할 방안을 마련해야 했다. 다행히 온라인 화상 회의 도구인 '줌(ZOOM)'을 모든 프로그램에 도입하는 결정을 빠르게 할 수 있었다.

결정한 뒤에는 서비스 이용자들이 온라인 환경에 어렵지 않게 적응할 수 있게, 도구 사용법과 커뮤니티 가이드라인을 새롭게 보완해서 안내했다. 오프라인 커뮤니티로 시작한 회사는 봄을 지나며 온라인 커뮤니티로 서서히 변하고 있었고, 여름 이후에는 100% 온라인 커뮤니티 서비스로 탈바꿈하는 선택을 해야 했다.

커뮤니티 서비스를 시즌제로 진행했기 때문에 커뮤니티 디렉터로서 나의 태도도 시즌과 함께 변화했다. 2020년 2월에는 코로나19로 인한 상황에 어리둥절함을 느꼈고, 4월에는 금방 지나갈 것이라고 믿고 싶었고, 7월에는 온라인의 장점인 확장성에만 주목했고, 10월에는 온라인의 한계도 인식하면서 현실적으로 할 수 있는 일을 하려고 했다. 가을이 되자 코로나19라는 생애 처음 경험하는 팬데믹도, 온라인으로 서비스를 전환해야 하는 상황도 조금은 침착하게 받아들이게 되었다. 받아들이지

신지혜

않을 수가 없으니, 침착하려고 노력했다는 표현이 더욱 정확할 것이다.

　서울/경기권 거주자들이 가입하기 편한 오프라인 커뮤니티에서 전국 어디에서든 가입할 수 있는 온라인 커뮤니티로 전환하는 과정에서 멤버십 인원이 극적으로 늘어나지는 않았다. 줄어들지도 않았다. 시즌을 거듭하며 아주 조금씩 늘고 있긴 했다. 하지만 내가 다니던 회사는 2년 차 스타트업이었고, 작은 성장은 곧 경영난을 의미하는 구조였다. 늦은 가을 회사로부터 2020년 12월에 서비스를 종료할 수밖에 없다는 이야기를 듣게 되었다. 종료는 이별이었고, 이별은 슬프고 아쉬웠다.

매일 새로움이 이어지는 나날

서비스 종료 결정을 들은 후, 내 경험의 의미를 돌아봤다. 종료를 실패의 이야기로 쓸 수는 없었다. 그 어느 해보다 새로운 온라인 도구와 방법을 많이 도입하며, 일과 삶을 변화에 던졌다. 던졌다는 표현을 할 수밖에 없다. 천천히 걸어 들어갈 여유가 없었다. 위기 상황에서 일을 멈추지 않는 데 필요한 기술과 태도를 배우고 적용하는 속도가 가장 빠른 해였다. 매일의 새로움이 예전과 비교할 수 없을 만큼 커서 당황스러웠지만, 새로운 감각이 매일 이어지는 게 현실이라면, 적응해야 한다고 결심했다.

　　전문가들의 말처럼 코로나19는 온라인으로 일하는 환경을 급속도로 정착시켰다. 온라인밖에 방법이 없었으니, 당연한 일이다. 오프라인 커뮤니티 서비스를 온라인으로 전환하는 과정을 겪으며, 줌과 슬랙(비즈니스용 채팅 도구)을 사용해서 커뮤니티의 연결감을 실제로 만나지 않고도 구축할 수 있다는 자신감을 얻었고, 처음 하게 된 재택근무로도 충분히 효율적으로 일할 수 있다고 느끼게 되었다.

　　코로나19가 오기 전에는 재택근무를 본격적으로 한 적이 없었다. 오랫동안 오전 9시까지 사무실로 출근하고 오후 6시에 퇴근하며, 평일 6시 이후와 주말에는 집에서 쉬는 생활을 했다. 심지어 재택근무에 관한 환상이나 로망도 없었다. 나는 사무실 책상과 의자의 편의성을 신뢰했고, 회사에서 제공하는 듀얼 모니터가 주는 쾌적함을 선호했다. 회사원이 일하기에 최적화된 장소는 사무실이라고 여겼다. 동료들과 얼굴을 보며 회의하고, 함께 점심을 먹고, 커피를 마시며 산책하고, 중간중간 요

신지혜

즘 무슨 일이 즐거운지 이야기 나누고, 모두에게 당분이 필요한 시간에 간식을 사 와서 나눠 먹는 일에도 주도적으로 참여하는, 사무실에 최적화된 붙임성 좋은 노동자였다.

내 집, 특히 방은 온전히 쉬는 공간이었다. 일이 본격적으로 끼어들 틈을 허용하지 않았다. 아주 작은 틈이라면, 일에 관련된 책들이 다른 책들과 함께 꽂혀 있는 책장 정도였다. 오래전에 책상도 치운 터였다. 퇴근하고 잠깐 일을 해야 할 때는 식탁이나 화장대면 충분했다. 사적인 공간을 이렇게 구성했던 건, 종종 일에 과몰입하는 나를 보호하기 위해서였다. 과거에 자기 통제를 제대로 하지 못하고 퇴근한 후 집에 와서까지 일을 지나치게 한 탓에 몸과 마음이 피폐해진 적이 있었다. 공간의 명확한 분리로 쉼과 회복의 시간을 지키고 싶었던 것이다.

그러나 이번에는 온전한 쉼의 공간을 대척점에 있는 일의 공간으로 바꾸며 조금도 투덜거릴 수 없었다. 재택근무는 선택의 문제가 아니었다. 나와 동료와 사회의 안전을 위해 반드시 해야만 했다. 그 상황이 달갑지도 싫지도 않았다. 나에게 재택근무는 효과적으로 빠르게 익혀야 할 과제였을 뿐. 변화에 적응하는 나만의 방법은 검색하고, 검색하고, 또 검색하는 것이었다. 도서와 인터넷을 가리지 않고 얻을 수 있는 필요한 정보를 검색해 찾았다. 재택근무에 관하여 잘 정돈된 내용을 접할 수 있는 곳은 '슬로워크' 블로그였다. 리모트 근무에 잘 적응할 수 있는 가이드를 일목요연하고 구체적으로 정리해놓았다. 투명한 의사소통과 업무의 공유를 위해서 구글 지스위트, 슬랙, 빠띠 그룹스 등의 도구를 적극적으로 사용하고, 재택하며 온라인으로 일하는 각자를 연결하는 감각을 유지하기 위해서 매일 오늘의 할 일과 협업이 필요한 내용을 소통하도록 강조하고 있었다.

나는 이미 구글 지스위트, 슬랙, 노션, 줌을 업무에 도입해 적극적으로 사용하던 터였다. 회사의 구성원 모두가 디지털 환경에 익숙한 밀레니얼이어서 새로운 업무 도구를 받아들이거나 사용하는 데 낯설어하지 않았고, 오히려 이러한 도구를 사용해서 업무와 의사소통을 투명하게 만들어가는 일을 즐겼다. 함께 일하는 구성원을 신뢰하기 위해서는 모두가 각자 어떤 일을 하고 있는지 문서를 통해 시각적으로 볼 수 있어야 한다는 전제도 공유하고 있었다.

재택근무 이후에도 구글 지스위트 문서나 슬랙에서의 의사소통으로 업무를 공유하는 정도는 이전과 큰 차이가 없었지만, 얼굴을 볼 수 없어서 서로의 상태를 알

신지혜

기 어려웠다. 그래서 슬랙에 하루의 일과를 정리하고 일하며 느꼈던 감정을 각자 업무를 마무리하는 시간에 간단하게 쓰면서 서로를 돌보기로 했다. 얼굴을 마주하며 익혔던 감각을 온라인 도구를 사용해서 최대한 구현하려고 했다.

가장 큰 변화는 줌을 활용하는 횟수였다. 일주일에 한 번 쓰던 줌을 하루에도 두세 번 사용하게 되었다. 팀회의도 모두 줌으로 진행하고, 커뮤니티 멤버들이나 외부 파트너들과의 미팅도 줌으로 소화했다. 줌으로 회의도, 워크숍도, 콘퍼런스도 가능한 온라인의 유연함과 확장성에 놀랐다. 클릭 몇 번으로 손쉽게 전 세계에 닿을 수 있다는 걸 체감했다. 나는 집에 있으면서도 그 어디나 갈 수 있게 되었다. 인터넷만 있다면.

그렇게 어디든 가기 위해 내 방의 공간과 시간의 리듬을 재배치했다. 사적인 공간에 일이 끼어들 틈을 주는 정도가 아니라, 일을 효율적으로 하기 위한 공간으로 적극적으로 변화해야 했다. 어떤 상황에서도 일을 제대로 해내고 싶었다. 재택근무에 직면한 프로페셔널 노동자가 처음으로 한 일은 책상을 사는 것이었다. 빠르고 확실하게 방의 한 부분을 사무실로 만들어야 했다. 하우스

메이트와 거실과 부엌을 공유하고 각자의 방을 사용하는 집 구조로는 업무와 쉼의 공간을 분리할 수 없었다. 누군가와 함께 사는 집에서 식탁을 책상으로 대체하기에는 어려움이 있었고, 화장대는 의자의 높이가 업무용으로 적합하지 않아서 오랜 시간 일하면 양쪽 어깨 근육이 쉽게 뻐근해졌다.

오랜 시간 보낼 게 분명한 책상이니까 마음을 붙일 수 있는 디자인으로 사고 싶었다. 쉼의 공간에 일의 공간이 더해지는 큰 변화 과정에 나의 감각을 우선순위에 두었다. 인스타그램에 누군가 올린 사진을 보며 예쁘다고 생각했던 책상 브랜드의 홈페이지에 들어가서 단순하면서도 우아한 디자인의 원목 책상을 고르고, 의자와 세트로 구매했다. 가격도 고려해야 했지만, 아름다움도 가격만큼이나 중요하게 여긴 쇼핑이었다. 책상이 방에 도착한 날을 또렷하게 기억한다. 배달 기사분이 완벽하게 설치해주시고 박스도 다 챙겨가셔서, 나는 그저 새로운 업무 공간을 받아들이기만 하면 됐다. 방에 있는 가구 중 책상이 가장 아름다웠다.

방의 한 부분을 차지한 책상은 개인 업무 공간이자, 줌을 통해서 팀 회의를 하는 미팅룸이자, 멤버들과 워크숍을 진행하는 강연장이자, 외부와 미팅도 하는 라

신지혜

운지가 되었다. 일과 쉼을 공간으로 분리해 균형을 맞췄던 오랜 루틴을 단숨에 바꿨지만, 아름다움 덕분에 수월했다. 오프라인에서 온라인으로 전환하는 과정에서 열심히 찾아보고 적용하며 일을 진행했지만, 많은 것이 처음이었다. 전 세계인이 활발하게 사용할 수밖에 없게 된 줌은 자주 업그레이드를 했고, 보완된 기능을 수시로 새롭게 익혀야 했다. 갑자기 노트북에 오류가 생기거나 인터넷 연결에 문제가 발생하면 태블릿 PC나 스마트폰으로 대체해서 워크숍을 진행해야 하는 서늘한 상황이 발생하기도 했다. 새로운 일도 버거운데 해내는 공간이 아름답지 못했다면, 마음이 더 어려웠을 것이다.

공간에 변화를 준 책상과 함께 완벽하게 재택근무에 적응하기를 바랐지만, 이후에도 계속 새롭게 적응할 일들이 생겼다. 방에서는 잠옷 차림 그대로 책상에 앉기도 했는데, 잠옷은 일의 긴장감을 흐트러지게 하기 쉽다는 것을 몸소 체험했다. 그래서 업무 시간에는 절대 잠옷을 입지 않는다는 규칙을 만들었다. 그렇다고 불편한 옷을 입고 싶지는 않아서 편하게 입을 수 있는 밝은색 트레이닝복 세트를 두어 벌 마련했다. 침대에서 책상으로 출근하기 위해 잠옷에서 트레이닝복 세트로 갈아입고, 업무 시작 직전에는 평소에 잘 쓰지 않던 형광등을 켰다. 사무실과 비슷한 조도로 맞춰서 일의 시작을 시각적으로 느끼게 했다. 일을 마치면 형광등을 끄고, 쉼으로의 전환을 알리는 따뜻한 색 스탠드를 켰다. 방에서 출근하고 퇴근하는 일상에 명확한 리듬감을 주는 나만의 사소한 루틴을 만들어냈다.

　의도적인 변화는 아니었지만, 인스타그램을 하는 시간도 자연스럽게 늘었다. 혼자 책상에 앉아서 일하는 모습을 타임랩스로 자주 기록했고, 종종 인스타그램 스토리에 올렸다. 사무실이라는 공간에서 물리적으로 함께하는 감각을 느끼며 일하지는 못하지만, 여기 내 자리에서 일하고 있다는 걸 알리며 나와 같은 사람들과 연결되는 감각이 필요했다. 코로나19 시대에 SNS는 시간 낭비가 아니라 잘 지내고 있다는 안부 인사이자 연결되고 싶은 의지의 표현이다. 나는 평소보다 하트도 자주 눌렀고, 댓글로 안부를 묻기도 했다.

　아침에 침대에서 일어나 같은 방에 있는 책상으로 출근하는 과정을 며칠 반복하니 몸이 쉽게 찌뿌둥해졌다. 사무실로 출퇴근하며 대중교통을 이용하는 시간에 얼마나 많이 몸을 움직였는지 알게 되었다. 침대에서 책상으로 바로 출근하면, 몸이 충분히 풀리지 않는다. 지

신지혜

금 생각하면 당연한 말이지만 경험하고 나서야 알 수 있었다. 업무에 몰입하기에 충분한 활기를 얻기 위해서 주말에만 가던 동네의 낮은 산을 매일 오르기 시작했다. 빠르게 걸으면 충분히 땀이 났고 몸에 생기가 돌았다. 일찍 일어나면 아침에 갔고, 그때를 놓치면 늦은 오후에라도 시간을 마련해서 꼭 가려고 했다. 몸과 뇌의 활기는 함께 작동했다.

책상으로 공간을 사용하는 하나의 감각이 달라졌다면, 산책으로 하루를 인식하는 모든 감각이 달라지기 시작했다. 하루의 리듬감은 산책을 통해 만들 수 있었다. 매일 걸으며 바람이 피부를 감싸는 질감과 흙과 공기의 냄새가 하루하루 다르다는 걸 발견하게 되었다. 달라지는 나뭇잎의 색도, 다양한 새소리도, 시간에 따라 다르게 부서지는 햇살도 매일 산책을 하기 전에는 알지 못했다. 산책은 신체에 생기를 주는 걸 넘어서, 사회는 팬데믹으로 우왕좌왕하며 멈춰 있는 것 같아도 발 디디고 있는 땅은 매일의 생명력으로 부지런히 살아내고 있다는 사실을 알게 해주었다.

자연은 인류의 소란과 관계없이 매일 확연하게 다른 아름다움으로 부지런하게 변화하며 자신의 시간을 살고 있었다.

계획할 수 없는 내일을 살 용기

산책으로 재택근무의 리듬감을 확장하고, 기록으로 리듬을 잘 타고 있는지 확인하기 시작했다. 나는 평소에도 기록을 즐겨 하는 사람이라 큰 무리는 없었다. 예전에 일하던 회사도 업무를 투명하게 기록하고 공유하는 문화가 잘 정착되어 있어서 내가 어떤 일을 하고 있는지 모두가 볼 수 있도록 기록을 남기곤 했다. 하지만 코로나 시대를 사는 재택근무자의 기록은 단순히 한 일을 쓰는 것 이상이어야 했다.

기록을 통해서 위기 상황에서도 일하기 위해 노력하고 있는 과정의 의미를 발견하고, 내가 만드는 리듬이 어떠한 모양인지 가늠할 수 있어야 했다. 집에서 일하며 나만의 루틴에 리듬감을 만들어가면서 불확실한 현재를 살아내려 하지만, 시대의 움직임과 어떻게 겹쳐지고 있는지 확인하기 위해서는 나의 삶과 일, 내가 사는 사회를 인식하는 시각이 필요하기 때문이다. 예측할 수 없는 상황에서 이전처럼 내일을 계획하기는 어려워졌지만, 매일 이어지는 새로움에 적응하기 위해서 오늘 노력하고 알게 된 것과 감정을 기록하며 계획할 수 없는 내일을 살 용기를 내야 했다.

신지혜

그 어느 때보다 한 가지 사안에 관한 많은 기사를 읽고, 모으고, 기록했고, 지금도 하고 있다. 전문가들이 예측하는 가까운 미래에 이만큼 많은 관심을 기울인 적이 없다. 나의 기록도 나의 책상처럼 다양해지고 넓어졌다. 오늘 처리한 일부터 백신을 맞기 시작한 나라에 관한 뉴스까지 모조리 적었다. 다른 나라의 일이 여기 있는 나와 유기적으로 연결되어 있다는 걸 피부로 알게 되었으니 말이다.

지금을 '코로나 시대'라고 부르기도 한다. 많은 사람을 고통스럽게 하는 바이러스의 이름이 현재 우리가 사는 시대를 대표하고 있다. 나라는 한 명의 개인은 전 세계적으로 볼 때 비교적 안전한 도시에 사는 터라 온라인 커뮤니티 서비스를 구축하며 재택근무라는 업무 형태로 일하는 감각을 익히는 2020년을 보낼 수 있었다. 물론 다니던 회사의 서비스가 종료되는 묵직한 타격을 입었지만, 치명적이지는 않았다.

변화에 적응하기 위해 적극적으로 공부하고, 관찰하며, 일하는 밀레니얼 여성들과 연결되어 서로의 일과 삶을 응원할 수 있었다. 재택근무를 하며 슬랙과 줌을 능숙하게 사용하게 되었고, 온라인으로도 일을 진행할 수 있다는 자신감을 얻었다. 아름다움에 우선순위를 두고 산 책상 덕분에 내 방을 다양한 업무 공간으로 변화시킬 수도 있었다. 집 근처의 한적한 산을 매일 산책하며 멈추지 않고 살아내는 자연에 감탄하기도 했고, 불안한 오늘을 기록하며 내일을 살 용기를 내기도 했다. 어려운 상황이 어렵게만 흘러가지 않게 부단히 노력했다. 그 힘과 배움으로 서비스 종료 이후에 새로운 일을 만드는 큰 결단도 할 수 있었다.

　　짧은 시간에 나는 많은 것을 빠르게 배웠고, 지금도 배우고 있다. 나만의 재택근무 루틴과 리듬을 만드는 일도 계속 진행 중이다. 하지만 지금 대부분의 재택근무는 위기상황 때문이라는 것을 의식적으로 잊지 않으려 한다. 자기만의 공간이 허락되지 않은 누군가에게는 무척 잔인한 업무 환경이 주어지는 시기일 것이다. 우리 모두 각자 할 수 있는 일을 하기 위해서 많은 것을 빠르게 배우는 사이, 빠르게 무언가를 잃기도 했을 것이다. 그것이 무엇인지는 모른다. 저마다 온 힘을 다해서 내일을 살 용기를 내느라 그것을 알아볼 여유가 없어서인지, 여전히 진행 중이어서 윤곽을 볼 수 없어서인지, 그 둘 다 때문인지 알 수 없다. 모르겠다. 모름을 앎의 언어로 빠르게 단정할 수 없다.

신지혜

동네를 걷다가 코로나19로 폐업했다는 문장이 적힌 식당을 보면, 보이지 않는 곳에서 알지 못하는 사이에 얼마나 많은 일자리가 사라지고 있을지 아득해지면서 겁이 난다. 우리는 자기 공간에서 누구도 장담하지 못하는 시간을 지나고 있다. 누구나 이 불확실한 시간을 자기만의 방식으로 살아낼 용기를 내고 있을 것이다. 지금 여기에서 할 수 있는 일을 하기 위해서 변화시킨 집이라는 공간은 앞으로 조금씩 나아간 증거가 될 것이다. ⭐

엄마의
두 집 살림

아무리 좋아하는 카페에 가도,

신발을 벗고 일하는 집의 여유는 따라올 수 없다.

안락한 소파에 양반다리를 하고 앉아

발가락을 까딱거리는 자유로움!

문희정

이제 때가 되었다. 잠든 아이들 사이에서 살짝 빠져나와 거실에 있는 노란색 눈높이 책상에 앉아 작업하던 날들에 마침표를 찍자. 아이 낮잠 시간에 맞춰 유모차를 끌고 나가 스타벅스 주변을 빙빙 돌며 언제쯤 내 시간이 올까 종종거리던 날들, 아이가 깰세라 발로 유모차를 밀며 글 쓰던 두 시간의 절박했던 작업 환경에 작별을 고한다.

독립출판 7년 차. 산더미 같은 박스를 쌓아놓고 책 포장을 하던 곳도 집, 내 글을 쓰고 다른 이의 글을 편집하던 곳도 집이었다. 둘째가 어린이집에 다니기 시작한 지금, 이제는 나만의 공간이 절실하다. 삶의 영역에서 잠깐씩 빌려오는 집이 아니라 오롯이 나의 영역이 될 집.

2016년 『집, 사람』을 편집할 때, 첫아이는 아직 기관에 다니지 않는 세 살이었다. 아기띠를 하고 메일을 쓰고, 우유를 먹이며 원고를 봤다. 편집자의 말을 쓰던 그날, 아이는 유독 엄마가 다른 한 손에 종이를 들고 있는 것을 봐주지 않았다. 도저히 안 되겠기에 마지노선으로 생각했던 만화를 결제해주고서야 글을 끝낼 수 있었다. 글 마지막에는 "이 글을 쓰기 위해 키즈존 결제를 한 거실 티브이 옆에서."라고 적었는데 책이 나오고 어느 독자분이 편집자의 말에 너무 공감했다며 응원의 메일을 보내주셨었다. 자기도 그런 삶을 살고 있다면서.

　어디 그분과 나쁘겠나. 아이를 맡길 곳이 없어서, 혹은 출근하지 않고 일해야 하는 부모에게는 집이 곧 사무실이 된다. 아이와 함께하는 모든 순간에 찰나의 틈을 비집고 일할 만반의 준비가 되어 있어야 한다. 잠든 아이를 배 위에 올려놓고 침대에 누워서 글을 보거나, 주방 식탁에서 밥을 먹이며 업무 전화를 받는다. 24시간 아이와 집에 붙어서 일한다는 건 아이를 잠시라도 떨어뜨려 놓을 수 없음을 받아들여야 하는 것이다.

　모든 것이 아이와 함께였다. 하루에 두 번은 놀이터에 가고 싶어 하는 놀기 좋아하는 동료이자, 주먹밥을 새끼손톱만 하게 만들어주어야 하는 까다로운 동료, 수시로 내 목에 매달리는 이 작은 사람과 모든 작업 과정을 공유해야 하는 것.

　모든 날이 쉽지 않았지만 그 안에 행복이 없었던 것은 아니다. 오히려 아이의 성장을 온전히 눈에 담을 수 있으니 감사하기도 했다. 아이가 열이 오른 날이면 물찜질을 하다가 체온계를 확인하고 다시 책상에 앉았다. 아픈 아이를 놓고 출근해야 하는 사람의 서러움보다 아픈 아이를 곁에 두고 일해야 하는 내 고단함이 그나마 덜 아픈 거라 위안 삼았다.

그렇게 키운 첫째가 일곱 살이 되고 둘째가 네 살이 되어 유치원과 어린이집에 각각 등원을 시작했다. 첫 아이 임신과 동시에 이 일을 시작했으니 난생처음으로 아이와 떨어져 마음 놓고 일할 수 있게 된 거다. 나는 지금 당장 나만의 공간이 절실했다. 아이의 흔적이 널브러진 집에서는 더 일하고 싶지 않았다. 하지만 아이러니하게도 새로 구할 내 작업실은 사무실이나 가게가 아닌 집이어야 한다고 확신했다. 나의 또 다른 집. 아무리 좋아하는 카페에 가도, 신발을 벗고 일하는 집의 여유는 따라올 수 없다. 신발을 벗고 일한다는 것은 곧 시간의 여유를 뜻했다. 안락한 소파에 양반다리를 하고 앉아 발가락을 까딱거리는 자유로움! 하나부터 열까지 나만의 취향으로 채워질, 머무르는 것만으로도 영감이 되어줄 집.

내가 찾는 건 주택이었다. 영혼 없는 신축 빌라는 싫었고 차가 들어오지 못하는 골목이 있는 오래된 동네라면 좋을 것 같았다. 이사하는 날 인사를 나누려고 문밖에서 기웃거리는 성가신 이웃이 있는 동네라면 더 바랄게 없었다. 그러다 어느 날 낙후된 인쇄 골목의 점포들을 지원한다는 기사를 보게 되었다. 청주에 이런 곳이 있었나 찾아보니 지금 살고 있는 곳에서 차로 20분 정도 거리. 번성했을 때에 비해 수는 줄었지만 여전히 지업사와 출판사, 인쇄소 몇몇이 남아 있는 곳이었다. 그길로 둘째를 유모차에 태워 직접 동네를 돌아다녔다. 간간이 개 짖는 소리만 들리는 아주 조용한 주택가였다. 나무 그늘 아래에는 집에서 쓰임을 다한 의자들이 할머니 할아버지들의 쉼터가 되어 골목에 나와 있었고, 낮은 담장 안으로는 오래된 감나무들이 보였다. 바로 위 우암산은 루프톱 카페들로 화려하게 반짝이는데, 걸어서 5분 거리 아래이 골목은 딴 세상처럼 조용했다.

여기다, 나의 집.

그날부터 며칠 동안 인터넷 부동산에서 그 동네 모든 매물을 살살이 살펴봤다. 하루에 몇 번씩 확인하다 보니 거의 외울 지경이었다. 그러다 빨간 지붕의 낮은 주택 하나가 눈에 들어왔다. 작은 마당이 딸린 14평짜리 구옥이었다. 마침 남편 휴일이라 함께 집을 보러 갔더니 중개인이 나온 지 사흘 된 집이고 내가 처음 보는 거라고 했다. 나는 그 집을 보자마자 설레는 표정을 감추지 못하고 남편에게 이 집을 꼭 사야겠다고, 당장 계약금도 없으면서 이 기회를 놓칠까 봐 가계약부터 하자고 서둘렀다. 그때는 단순히 대출을 받으면 될 거라고 생각했다. 살고 있는 집도 전세면서 겁도 없이 처음으로 내 집을 갖겠다고 결심한 것이다. 망하면? 여기 들어와 살지 뭐. 미니멀라이프 하면 14평에서 넷이 못 살겠어? 못…… 사나? 망하지 않게 열심히 일해야지 그러니까.

일제 강점기에 지어졌다는 이 집은 여러 주인을 거쳐 조금씩 다듬어져 지금의 모습을 갖추었다. 마지막 주인은 서울에 살면서 여길 세컨드하우스로 썼다는데 기본적인 공사를 다 해둔 덕분에 나는 제일 큰 방만 손보면 되었다. 큰 방은 천장이 내려앉아 있어서 벽지를 뜯고 단열 작업도 다시 해야 했는데, 공사하는 날 이 집의 역사가 한눈에 보였다. 겹겹이 바른 벽지 밑에는 세로쓰기한 신문지가 있었다. 천장을 뜯어내니 서까래 아래 다시 이어붙인 지붕이 드러났다. 거실이 이 집의 중심이라고 생각했지만 사실 이 큰 방이 본채였고 아주 옛날 지금의 거실을 새로 만든 것이었다고 한다. 공사해주시는 분 말씀으로는 전문가 솜씨는 아니고 그 시절에 손재주 좋은 사람이 지은 것 같다고 하셨다. 이런 이야기가 쌓인 집에서 일할 수 있다는 생각에 설레었다. 물론 언제 고장 날지 모르는 것들이 많았지만. 이제 공사를 했으니 적어도 자다가 천장이 무너질 일은 없겠지.

구옥은 가격이 저렴한 대신 수리비가 많이 드는데 보일러부터, 수도, 주방까지 새로 설비한 집을 만난 건 행운이었다. 이제 이 집에는 고무장갑 하나까지 다 내 취향의 것만 출입을 허하겠노라. 가성비로 점철되었던 살림집의 이케아 가구들은 꿈도 꾸지 못하리. 여기는 오로지 나를 위한, 나만의 케렌시아여야 한다.

필요한 것은 대부분 만들었다. 마침 손재주 좋은 친정엄마가 내려와 계셔서 엄마의 금손을 빌렸다. 치앙마이에서 사 온 예쁜 리넨 천은 커튼이 되었고, 밀짚 바구니는 전등 갓이 되었다. 마당에는 담장 높이를 감안해서 적당히 낮고 수형이 예쁜 나무들을 심었다. 같은 나무도 수형에 따라 가격이 천차만별이라는 걸 이때 처음 알았다. 배롱나무, 함박꽃, 제니 목련, 작은 소나무를 옮겨오고, 그 주변에는 낮은 꽃과 풀을 심었다. 마당 있는 집이라니, 평생 꿈꿔본 적 없는 풍경이 눈앞에 만들어지고 있었다.

그동안 봉인되었던 내 보물들도 가져왔다. 지금은 폐가가 되어 아무도 쓰지 않는 남편의 본가에서 이고 지고 온 옛날 물건들. 밥그릇이며 나무 서랍, 거울 같은 것을 챙겨두었는데 다들 버려야 한다고 말렸지만 나는 기

문희정

어이 주워서 깨끗이 씻고 말려 보관하고 있었다. 집에서
는 이 리얼 코리아 빈티지들을 아끼느라 꺼내지 않았는
데, 작업실 주방에 밀크 글라스 접시와 밥공기를 나란히
놓으니 그제야 제자리를 찾은 것 같았다. 집안 곳곳에 흩
어져 있던 내 책들도 책방에 가지런히 자리를 잡았다. 여
기는 남편이 읽던 부자 되는 법, 성공하는 법 같은 책들
은 들어올 수 없다. 오로지 나의 아름다운 책들로만 채울
것이다.

신혼살이를 했던 서촌에서부터 버려진 창틀이나
문틀 같은 것을 주워다 보관하고 있었는데, 아파트에서
는 찬밥 신세 창고행이었던 게 여기에선 당당히 거실 중
앙 벽을 차지했다. 창틀에는 좋아하는 엽서들을 꽂아두
었다. 오래되어 나무가 뒤틀렸지만 그대로도 좋았다. 문
틀은 책장 옆에 세워두었다. 조명 아래 두니 문살의 그림
자도 그림 같았다. 딱 내가 원하는 온도와 무드였다. 살
림집에서는 온갖 애를 써도 나지 않던 그 느낌.

아끼는 그림들도 옮겨 왔다. 그동안 특별한 날에는
벼르고 별러 그림을 사곤 했다. 결혼 선물로 받은 작품,
좋아하는 작가가 우리나라에 왔을 때 고민 없이 바로 산
작품, 둘째 아이의 탄생을 기념하며 구입했던 작품까지.
내 인생에서 책만큼이나 소중한 그림들도 이 집에 자리

잡았다. 살림집에는 환하게 빛나는 아이 사진이 있으니 그림을 떼어내도 허전하지 않았다. 모든 것이 제자리를 찾은 듯, 살림집에는 사랑하는 사람들이, 이 집에는 사랑하는 물건들이 자리했다.

집을 꾸미는 근사한 안목을 키우는 것은 어려운 일이다. 하지만 끝까지 취향을 고집하는 것은 더 어렵다. 그래서 이 집은 삶에서 이룩한 나의 작은 승리다. 갑자기 내가 죽거나 사라진다면 나라는 사람을 이 집만큼 자세히 보여주는 곳은 없을 것이다. 내 모든 것이 여기 있다.

이사를 마치고 이곳에 이름을 붙여주었다. '9월의 집'. 글을 쓰고 책을 만드는 곳이니 막연히 책이 연상되는 이름이었으면 좋겠다고 생각했는데, 직접적으로 책이나 글을 언급하지 않으려다 보니 책 읽기 좋은 계절을 떠올리게 되었다. 마침 내 생일도, 이 집을 함께 꾸며준 엄마와 하나뿐인 딸의 생일도 9월이니 여러모로 이 집과 잘 맞는 것 같았다. 내가 일터로 삼은 이 집이 언젠가 엄마의 별장으로 쓰여도 좋겠고, 혹시 성인이 된 딸이 나처럼 자신만의 공간을 필요로 하게 된다면 그 아이에게 주어도 좋을 것 같다. 노년의 엄마가 이곳으로 내려오셔서 마당을 가꾸며 온갖 꽃들을 피워내는 상상. 내 또래가 된

문희정

딸이 도피처 삼아 이곳에 오면, 내가 읽었던 책들이 유산처럼 남아 있어서 책 속으로 도망치고 위안을 받는 상상. 꿈같은 이야기지만 집 이름을 지을 때는 그런 상상을 했다. 그런 생각을 하면 매달 대출금을 갚으면서도 서글프지 않았다.

곧 새로운 집으로 출근하기 시작했다. 장난감이 밟히는 거실에 앉아 일하면서 모른 척 애써 시선을 돌릴 필요도 없다. 아이가 낮잠 잘 시간에 맞춰 종종거리지 않아도 된다. 마음 놓고 일할 수 있는 내 공간이 생긴 것이다.

9월의 집 마당 문을 열고 들어가면 다른 세상이 된다. 여기서는 청소를 해도 스트레스 받지 않았다. 이 집에서는 걸레질도 성취가 된다. 삶을 건강하게 만드는 적당한 노동을 하는 기분이라 오히려 명상하듯 상쾌하다. 마당 나무들에 물을 주고, 음악을 틀고, 모카포트에 커피를 올려놓고 책상 앞에 앉는다. 책상은 마당을 바라보는 방향으로 놓았다. 아무도 없는 줄 알고 놀러 온 고양이를 보며, 꽃을 따라 드나드는 벌과 나비를 보며, 초록을 눈에 담으며 일하니 잠시 모니터에서 눈을 떼면 바로 쉼이 찾아온다. 아이를 등원시키고 부리나케 달려와 이렇게 작업하는 하루 다섯 시간이 너무나 소중해서 종종 밥 먹는 것도 잊는다.

정남향의 작은 마당은 한겨울에도 햇살로 빛나서 추운 겨울에도 일부러 마당에 나와 컵라면을 먹거나 담요를 두르고 앉아 책을 읽기도 했다. 오로지 내 취향으로 가득한 집. 땅에 발을 딛고 살 수 있는 곳. 비가 오면 빗줄기가 바닥에 떨어졌다가 튀어 오르는 소리를 들으며 나는 여기서 오래 웃거나 울고 싶어졌다.

주말에는 종종 아이와 함께 왔다. 티브이가 없는 이곳에서 아이들은 상상할 수 있는 모든 놀이를 만들어 냈다. 물건을 숨겨두고 도망치는 도둑과 경찰 놀이, 마당에서의 보물 찾기, 책 징검다리 달리기, 이불로 온몸을 감싸고 노는 것은 무얼 하는 건지는 모르겠으나 두 아이가 깔깔거리며 하는 가장 좋아하는 놀이다. 마당 식물들에게 물 주기 역시 아이들의 몫이다. 나는 항상 여벌의 옷을 챙기는데 꽃과 나무, 아이들까지 시원하게 젖는 시간은 여름뿐 아니라 봄부터 가을까지 세 계절에 걸쳐 이어진다. 덕분에 빨리 집에 가자는 이야기를 듣지 않고 주말에도 아이들과 함께 일을 할 수 있었다.

똑같은 집이지만 살림집에서는 상상할 수 없는 풍경이었다. 아이들에게도 두 집은 엄연히 다르다. 여기는 엄마가 일하는 곳, 책을 읽거나 글을 쓰는 곳이라는 인식

문희정

이 있기 때문에 놀아달라 조르는 일이 덜하다. 아이들과 9월의 집에 올 때마다 사무실이 아닌 집을 구하길 정말 잘했다는 생각을 참 여러 번 했다.

　내 공간이 생기니 새로운 직업도 따라왔다. 아이들 하원 시간에 맞춰 집으로 돌아가야 하는데, 이 집을 저녁 내내 비워두는 것이 아까워서 북스테이로 활용하게 되었다. 세련되고 근사한 집은 아니었지만, 책을 좋아하는 사람들의 휴식처로는 더없이 좋을 것이라는 판단에서였다. 아직 낮잠을 자야 하는 둘째 아이를 생각해서 방 하나는 매트리스를 놓고 침실로 만들어둔 터라 게스트를 위해 일부러 준비할 것도 없었다. 다른 사람들을 의식하지 않고 오직 나만을 위해 꾸민 집이라서 과연 누가 좋아해줄까 자신 없기도 했지만 의외로 젊은 친구들이 많이 찾아왔다. 오래된 물건들을 들여다 놓을 때마다 할머니 취향이냐며 핀잔을 들었는데, 요즘은 이런 게 인기란다. 유행이란 참 모를 일.

　북스테이 호스트로 지내며 새로 알게 된 즐거움이 많다. 수행에 가까운 입실 청소를 하며 하얗고 완벽한 침실, 물기 없이 깨끗한 주방을 보는 것을 좋아하게 되었다. 치워도 치워도 끝이 없어서 어느 정도 손을 놓아버린 살림집에서는 느낄 수 없는 보람이었다. 이곳을 다녀간 사람들이 남겨놓은 방명록을 보는 것도 큰 기쁨이었다. 몇 년 만에 얻은 부부의 휴가를, 태어나 처음 떠난 혼자만의 여행을 이곳으로 택하길 잘했다는 이야기를 듣는 것만으로, 이 공간을 누군가와 나눈 보람을 느끼기에 충분했다.

가장 두근거리는 일은 책을 추천하는 순간이다. 숙소를 예약할 때 여행의 목적이나 함께 오시는 분들에 대한 정보를 받고 있는데 그걸 토대로 웰컴북을 준비한다. 여행객을 위한 일종의 책 추천 목록이다. 큐레이션 책방을 좋아하는 내 취향을 담아 마련한 서비스인데 다행히 많은 분들이 좋아해주셨다.

웰컴북을 고를 때는 나름의 규칙이 있다. 시집과 그림책, 독립출판물을 꼭 한 권씩 넣어 총 여섯 권을 고르는데 나이와 성별, 취향, 관심사에 맞게 고르거나 자세한 설명이 없는 경우 요즘 내가 읽은 것이나 계절에 맞는 책으로 선정한다. 책방에 앉아 여섯 권의 책을 고르는 데 생각보다 많은 시간을 쓰는데, 자신에게 맞춤인 책이어서 놀랍고 좋았다는 얘기를 들으면 그렇게 뿌듯하고 좋을 수가 없다. 작은 책방을 꾸려나가는 대표님들이 아마 이 맛에 그 고된 일을 일하시나 싶다.

문희정

운 좋게도 9월의 집이 조금씩 알려지면서 지역 방송국에도 출연할 기회가 생겼다. 하나는 동네를 여행하는 콘셉트였고, 다른 하나는 집 자체를 소개하는 프로였는데 〈시간이 쌓인 집〉이라는 제목으로 방송되었다. 내가 이 집을 좋아하는 이유를 단번에 파악한 제작진의 타이틀이 무척 마음에 들었다. 오래된 동네에 있는 오래된 집. 사라져가는 이야기들을 종이에 옮기는 내 일과 딱 어울리는 이름이었다.

새로운 공간은 다른 세계의 일이라 생각했던 방송 출연뿐만 아니라, 내가 누군가의 선생이 되는 기회도 주었다. 혼자서 글을 쓰던 곳에서 일주일에 한 번 다른 사람들을 위해 커피와 간식을 준비하고 마주 보고 앉아 글을 쓰게 된 것이다. 내가 아는 것을 나누며 살아보니 그제야 나의 쓸모를 찾은 것 같았다. 글을 쓰고자 하는 사람들에게 내가 쓸모가 있다면 닳도록 쓰이고 싶었다. 내가 걸어온 서툰 걸음이 혼자만의 성과로 끝나지 않아 다행이라는 생각이 들었다. 이 작은 집은 온전한 나로 있게 하고, 새로운 경험을 안겨주고, 또 다른 직업을 주었다. 그저 나다운 집 하나를 찾았을 뿐인데.

이 집에 있을 때는 잠시 일상에서 벗어난다. 멀리

여행을 온 것도 아닌데, 오로지 내가 원하는 대로 꾸며진 집에 머무는 것만으로도 일상의 나와 분리되는 신비가 펼쳐진다. 안락하고 평화로운 나의 집에서 책을 만들다가 문을 열고 나가, 다시 치열한 일상으로 뛰어드는 거다. 아이를 키우는 전업주부든, 야근이 일상인 회사원이든, 질풍노도의 청소년이든, 누구에게나 독립적인 자신만의 공간은 필요하다. 내 취향으로 가득한, 나만의 물건들이 나만의 질서로 자리 잡은 곳. 내가 허락하지 않으면 누구도 들어올 수 없는 곳.

삶이 버거워 잠시 내려놓고 싶을 때 찾을 수 있는 셸터 하나쯤 있어야 옳다. 그래야 지치지 않고 다시 일상으로 돌아갈 수 있으니까. 이 집을 만나고 나서야 공간이 갖는 힘, 기회, 위안을 알아간다. 집에 대해 새롭게 배워간다.

문희정

오늘이라는
아무 날의 집

공간에 구애는 받지 않지만,

공간의 도움은 기꺼이 받으면서.

나를 덜 믿는 날이라도 어떻게든 해낼 수 있다는 것을,

집은 나에게 알려주었다.

임진아

여유를 만났다

눈치채지 못하는 사이 여유로워졌다.

어느 한낮이었다. 작업실 책상 앞에 앉아 있는데 당장 급한 일이 없다는 사실을 깨달았다. 그제야 의자에 등을 기대고 창밖을 바라본다. 그래, 가끔 이런 날도 있어야지. 작업실 앞에 있는 단골 케이크집 건물을 보며 그곳에서 사 온 커피를 홀짝거린다. 날아가는 참새에게 괜히 으스대고 싶은 기분. 마감과 마감, 살림과 살림 사이에 아주 가끔 찾아드는 진짜 여유의 시간이다. 모처럼 한가하게 앉아 있는 이 작업실은, 내가 혼자 살던 집이었다. 집을 이사하면서 예전 작업실의 짐을 이리로 옮겼다. 더블 이사가 얼마나 힘든지를 몸소 체험했던 날도, 이제는 여유롭게 추억할 수 있게 되었다. 어떤 기쁨은 환호를 생략한다. 짐을 옮기느라 진이 빠졌던 날을 잊은 채, 눈을 느리게 감으면서 커피를 마저 들이킨다.

게임 한복판에서 눈앞의 요소들을 물리치다 보면, 지금 서 있는 배경에는 좀처럼 눈이 가지 않는다. 다음으로 넘어가기 전의 무료한 스테이지가 나타나야만 지금이 보인다. '오늘은 그렇게까지 열심히 하지 않아도 되는 날'이라는 테마가 걸리면 눈치채기 쉽다. 요즘 내 일상의 폭이 얼마나 좁고, 또 믿을 수 없을 만큼 안정적인지를. '나'라는 세상의 하늘 아래, 드디어 여유라는 단어가 뿌리를 내리기로 작정했다는 소식을 뒤늦게 접한 기분이다. 실은 내가 매일매일 부지런히 손톱만큼씩 가꿔왔기에 맞이한 오늘이다.

독립하기 전의 나는 정말로 여유롭지 못했다. 여유라는 단어 자체를 떠올리지 못했다. 매일 버스를 타야만 했고, 버스만 타면 피로감을 껴안고 자리에 앉았다. 회사를 그만둔 후 마련한 첫 작업실도 한강을 건너는 버스를 타야만 갈 수 있었으니까. 그래서일까. 작업실이 있던 서울 망원동은 일만 하는 섬처럼 느껴질 수밖에 없었다. 귀갓길, 버스가 한참 동안 제자리에 있다는 사실도 인식하지 못한 채 뒷좌석에 멍하게 실려 있는데, 창밖의 한 빌딩 주차장 안내 전광판에 불이 켜졌다. 그제야 몸이 움직였다. 사실 자세는 그대로였지만, 눈동자도 몸이니까.

지하 1층 여유 0
지하 2층 여유 0

당연히 주차장 모든 층에 여유가 없다는 뜻이었다.

임진아

마음이 아슬아슬한 상태일 때면 눈앞의 모든 것에 의미 부여를 하게 되는 게 인간이다. 그 순간에는 세상이 나에게 보여주는 메시지라고 생각하고 싶어졌다. 그러자 자연스럽게 슬퍼지면서 여유 값이 0인 나를 가엾게 여기기 시작했다. 살다가 갑자기 '잠깐, 나 지금 여유 수치 몇이지?' 하고 걸음을 멈추란 쉽지 않다. 그렇기에 과한 의미 부여는 오히려 다행스러운 일이었다. 그때의 나는 더 이상 여유가 없다는 주차장 안내 전광판에서 나를 보았다. 숨이 콱 막혔다. 진짜로 몸을 움직여 고개를 숙였다. 어떤 울음은 울려고 하기도 전에 그늘부터 준비한다.

나는 나와 단둘이 지내게 되자, 내가 어떻게 쉬고 싶은지에 눈을 떴다. 어린 시절부터 내내 꿈꾸던 '내 방'은, 완벽히 홀로 지내는 집을 가리켰는지도 모른다. 사람이 살기 위해 벽 따위로 막아 만든 칸. 혼자의 시간을 끔찍하게 좋아했으면서, 그런 하루를 위해 도통 나서지를 못했다. 서울에서 태어나 서울에서 자랐고, 돈은 일찍 벌었지만 늘 모이지 않았고, 나쁘지 않은 상태에 만족하는 면도 나에게 있었으니까. 나는 살기 위해서, 온전히 내 목소리에 귀를 기울이기 위해서, 모든 것을 끌어모아 내 방을 얻었다. 여유를 만나려면 공간이 필요하다.

최근 이사한 새로운 집에서는 더 이상 혼자 살지 않는다. 함께 살게 된 동거인과 반려견 키키와 함께 새로운 모양의 행복을 그리며, 따로 또 같이 지내고 있다. 또, 이제는 버스를 거의 타지 않는다. 집과 작업실은 평지를 택하면 빠른 걸음으로 10분, 키키와 같이 갈 때는 20분 정도가 걸린다. 태어나 처음으로 내가 정한 마을에, 일 공간과 잠 공간이 작은 산을 사이에 두고 존재한다. 산길을 따라 작업실에 가는 방법도 있다. 조금 힘이 들더라도 사람을 덜 만나고 싶을 때는 산을 오른다.

여유란, 만나는 것보다 만드는 것에 가까운지도 모르겠다. 급한 일도 없는데 굳이 작업실로 출근해 커피를 홀짝거리면서 여유로운 눈으로 지금을 만끽하는 시간은 나에게 너무나 필요한 휴식이다. 휴식에도 종류가 많으니까. 물론, 가장 좋아하는 휴식은 할 일을 끝내고 집으로 돌아가 드라마나 만화책을 보면서 자몽맛 맥주를 마시는 휴식이다. 그때의 짧은 여유는 당장의 자잘한 걱정을 납작하게 만든다.

온전한 내 방이었던 나의 첫 집이 작업실로 바뀐 것뿐인데도, 일을 마치고 집으로 돌아오면 "역시 집이 최고다!"라는 말이 절로 나온다. 하루종일 딴짓만 하고 집에 와도 그렇다. 얼마 전에는 오랜만에 혼자 살던 때의 사진과 영상을 보면서 생각에 잠겼다. 작업실로 쓰는 지금보다 훨씬 넓어 보였다. 살기 전에는 몰랐는데, 살아보니 살기 참 좋은 곳이었다. 좁아도, 천장이 낮아도, 또 옥탑이어도, 해가 참 잘 드는 집이라 좋았다. 여전히 이곳으로 출근을 하지만 더 이상 만날 수 없는 그리운 집이다. 지난 집을 그리워하면서, 그 집에서 일을 하는 지금의 나는 얼마나 여유로운가.

지금도 집이라는 단어를 생각할 때 가장 먼저 떠오르는 생각은 '나'다. 또 거처를 옮기면 그리워할 '나'가 하나 더 늘어나고, 새로이 시작하는 '나'를 만나게 된다. 이건 정말이지 나밖에 모르는 진짜 내 모습이 아닐까. 나를 기꺼이 숨겨주고, 감당해주고, 여유를 선사한 집이기에 나도 기꺼이 나를 그대로 두었으니까.

"그 집은, 돌아오기만 하면 나였던 곳이야. 집 자체가 나였어."

동거인에게 사진을 보여주면서 중얼거렸다. 그러자 동거인이 말없이 끄덕였다. 처음으로 나를 닮은 여유를 느낀 집. 지금은 그곳에서 종종 나를 잊은 채 바깥을 향해 나를 사용하고 있다. 나의 방은 내가 하고자 하는 바를 기꺼이 들어준다. 내가 살고자 하는 대로 달라진다. 그리고 나도, 나의 방처럼 얼마든지 변할 수 있다고 믿고 싶다.

아무 날에 시작할 수 있다

노트 한 권을 쉽사리 시작하지 못하는 사람이었다.

　가격을 떠나서, 아끼는 물건인 걸 떠나서, 나로 인해 이 노트가 시작된다는 것에 언제나 무게감을 느꼈다. 누가 검사하는 것도 아닌데 망치면 꼭 혼이 날 것 같았다. 무엇보다 나라는 사람은 언제나 제대로 시작하지 못할 것만 같았다. 이름을 정중앙에 쓰지 않았다는 이유로 더 이상 노트가 쓰기 싫어지고, 다이어리 영어 철자를 틀려서 울고 싶어진 기억이 있으니까. 한 권을 한결같은 마음으로 다 채울 수 있을까 하는 마음도 한몫했다. 그렇게, 시작이 마음에 안 들면 어쩌지 하는 생각으로 노트 위에 아무것도 시작하지 못하는 사람으로 한참을 살았다. 설렘으로 펼치긴 했지만, 빈 페이지투성이 삶.

　이런 마음은 문구에만 해당되는 게 아니었다. 일을 하기에 앞서 주변 환경을 따졌다. 이 일은 아무 곳에서

임진아

나 아무 날에나 할 수 없다는 생각이 언제나 마음에 단골 손님처럼 찾아왔다. 특별한 이야기를 반듯하게 시작하고 싶었듯이, 내 일상보다 훨씬 정갈한 공간에서 일하고 싶었다.

하지만 이제는 아무래도 상관없어졌다. 여유를 맞이할 수 있게 되자 정말로 여유가 찾아온 것처럼, 어느샌가 마음이 가벼워졌다. 일이 점차 늘고, 그로 인해 하고 싶은 게 생기면서 절로 대범해졌다. 긴 시간을 고심해야만 겨우 시작할 수 있던 일도 빠듯한 마감 앞에서는 무색해졌다. 고민할 시간에 일단 시작하지 않으면 다음의 내가 차려지지 않는다는 걸 실감했을 때, 비로소 어떤 일이든 아무 날에 아무 곳에서 시작할 수 있다는 걸 알게 되었다.

어디에서든 쓰고 그릴 수 있는 사람이 되고 싶은 마음은, 작업자일 때 품고 있는 진한 심지다. 어디에 앉아 무얼 이야기하면 좋을지를 고민할 시간에 일단 지금을 이야기해야 한다. 거기에 이어질 다음 문단은 뒤늦게 발견될지라도, 우선되어야 하는 건 지금의 환경 앞에서 방황하지 않는 것, 미루지 않는 것이다. 오늘 떠오른 생각은 오늘 가장 진하다. 이제는 더 이상 당일의 색채를 눈앞에서 잃고 싶지 않다. 나의 집은 이 세상 어떤 장소보다 가장 나답다. 지금을 이야기하며 나의 자국을 계속해서 남기고 싶은 나에게, 가장 적당한 일터는 내 장소다. 집이었던 작업실과, 쉼과 일이 적당히 범벅되어 있는 지금의 집.

이제는 작업실에서든 집에서든, 글을 쓰기 시작하면 장소 자체가 편하기 때문에 마음이 가볍다. 그래서일까, 쓰는 시간만큼은 쓰고 있는 장소로 쉽게 이동한다. 당연한 이야기겠지만 정말로 어딘가 다녀온 기분이 든다. 마치 영화관에서 영화를 보고 있을 때 나도 모르게 영화관인 걸 잊게 되는 순간처럼. 아직도 이런 내가 낯설기만 하지만, 다행이라는 생각이 든다. 늘 있는 곳에 앉아 있으면서도 어디든 갈 수 있는 지금이 만들어져서, 그래야만 일이 진행되는 직업을 갖게 되어서 얼마나 다행인지. 가족과 함께 살던 집에서는 도저히 시작할 수 없어서 도착지도 정하지 않고 일단 문을 열고 나서던 나는, 이제 집에서 밖을 마음껏 상상하려 든다. 집에서 출발할 수 있는 이야기들이 얼마나 많은지를 이제는 알고 있다. 어쩌면 그 방법이 점차 수월해지고 있는지도 모른다.

코로나가 심해진 후에는 어쩔 수 없이 집에서 일하는 시간이 늘었다. 작업실까지는 짧은 거리지만, 가능하

임진아

면 나를 집에 숨기기로 한 것이다. 하루를 스스로 조절할 수 있는 직업이기에 가능한 일이기도 했다. 집에서의 생활이 길어질지 모르기에 작업 방식을 바꾸었다. 그림은 대부분 아이패드로 그리고, 글은 집에서 틈이 날 때마다 조금씩이라도 매일 쓰고 있다. 떠오른 문장이나 글감이 있으면 컴퓨터나 노트를 열지 않더라도 핸드폰 메모장에 일단은 적어둔다. 나중에 쓸지 안 쓸지 모르지만, 이런 기록은 내가 되고, 나의 다음이 된다.

아이패드로만 그림을 그리게 된 후로 종이 위에 사각거리는 소리가 사라졌다. 문켄 크림이라는 종이를 뭉텅이로 사놓았는데 이제는 쓸 일이 없어졌다. 대부분의 삽화와 전시 그림, 또 여행서 『아직, 도쿄』의 그림과 만화 연재를 담당했던 종이다. 내 역사의 바탕이 되어준 종이. 내 안에서 한 시대가 지나는 기분이 든다. 아쉽기도 하지만 그림을 그릴 때마다 짐이 늘어나지 않는다는 점은 좋다. 몇 년 전의 스케치들을 아직도 모아놓고 있는데, 좀처럼 버리기가 쉽지 않다. 그렇다고 보관을 잘 해두는 것도 아니라서 참 난감하다.

아이패드로 작업을 해도 원래 그림과 다른 점이 딱히 드러나지 않는다는 점이 내 그림체의 좋은 점이다. 그렇게 김소영 작가의 『어린이라는 세계』 그림은 부엌에서, 박성우 시인의 『마음 곁에 두는 마음』 그림은 다이닝 테이블에서 그렸다. 일은 끝이 났지만 가끔 부엌에서 『어린이라는 세계』의 한 대목이 보이고, 다이닝 테이블에 새의 그림이 날아들 때가 있다. 특별한 종이여야만, 특별한 장소여야만, 특별한 작업을 할 수 있는 게 아니라는 걸 이제는 안다. 싱크대 가까이에, 책장 가까이에, 키키가 자는 이불 위에, 쓰고 또 그리고 싶은 분위기들이 있다. 어쩌면 개인의 역사는 아무 날에 만들어지는지도 모른다. 일단, 지금 있는 곳에서 시작해보는 일. 나는 이 힘을 믿으면서 오늘도 일단은 비어 있는 칸을 열어본다. 공간에 구애는 받지 않지만, 공간의 도움은 기꺼이 받으면서. 나를 덜 믿는 날이라도 어떻게든 해낼 수 있다는 것을, 집은 나에게 알려주었다.

　　아무 날에 잠옷을 입고 힘차게 시작해서 마무리한 이전의 일들이, 어느새 결과가 되어 나의 집에 꽂혀 있다. 그걸 바라보면서 오늘도 이 글을 쓰고 있다.

집에서 출발하는 일

새해를 맞이하며 새로운 연재를 시작했다. 연재를 한다

임진아

는 결정은 쉽지 않았다. 당장의 나는 어떻게든 할 수 있어도, 미래의 나는 여전히 어려울지 모른다. 연재의 파도에 올라타는 일은 마감을 하자마자 마감을 하지 않은 자가 되는 일이다. 마감을 하면 이번 주 내내 골몰했던 이야기를 내보냈다는 개운함이 들면서도, 동시에 다음 주의 나를 똑바로 쳐다보게 된다.

시(詩) 플랫폼에 하는 연재로, 시를 읽은 후의 마음을 글과 그림으로 다시금 표현하는 작업이다. 지금까지세 명의 그림 작가가 연재를 해왔고, 내가 네 번째로 이어받았다. 연재를 의뢰한 편집자는 나에게 개와 관련한, 혹은 좋아하는 물건이 등장하는 시와 함께 마음속에 떠오르는 단상을 그림과 짧은 글로 그려보라고 방향을 제안해주었다.

앞으로 매주 같은 요일에 연재할 이야기의 방향과함께, 그에 따른 연재 제목을 정해야 했다. 시작을 위해서는 나와의 약속이 필요하다. 1화 마감까지 시간이 남았던 연초 내내 제목을 고민했다. 시를 가까이 두는 일또한 오랜만이어서 좀처럼 마음이 모이지 않았다. 그럴때면 처음 받은 메일을 다시 읽어본다. 몇 번을 다시 읽으니 '개'와 좋아하는 '물건' 두 단어가 보이면서, 어떤마음으로 앞장을 서면 좋을지 점점 선명해졌다. 내가 좋아하는 것이 담긴 시. 그런 걸 쓰는 시인과 그런 시들이 모여 있는 시집들을 찾아보기 시작했다. 어쩌면 이날은 시의 세계에 오랜만에 방문한 날인지도 모른다.

시, 시집. 이 두 단어를 계속 반복해서 생각하다 보니 '시'와 '집'이 따로 보였다. 시집은 여러 편의 시를 모아서 엮은 책을 뜻한다. '모을 집(集)'이라는 한자를 보니, 내가 있는 나의 집이 그려졌다. 나는 '집'이 들어가는 단어를 좋아한다. 다른 이야기지만 '편집자'라는 단어도 좋아한다. 이야기가 어떤 꼴로 모일지를 가장 먼저 상상하고, 하나라는 전체가 되도록 열심히 모으며 완성해내는 직업이니까. 또 '집중'이라는 단어도 좋다. 모은다, 가운데로. 이 마음으로 한 가지를 매일 바라보면, 아직은 없는 것이 내 안에 모여들 테니까. 어쨌든 '집'이란 적어도 어디론가 흩어지는 이미지가 아니라서 좋고, 그렇기에 '모으다' 혹은 '모이다'라는 말도 좋아한다. 한데 합쳐지는 모양을 뜻하는 이 말에는 늦은 저녁의 안도감이 느껴진다. 모이고 싶은 것만 모이게 하면 된다. 이게 지금을 사는 내가 원하는 집의 모양이다. 열심히 흩어졌기에, 아무도 귀가하지 않는 집에서 홀로 잠들어봤기에, 새롭게 그리고 싶어진 집의 모양이 생겼다. 사랑하는 개가 있고, 좋아하는 물건도 잔뜩 있는, 조용히 모여들 수 있는 집을

임진아

이야기하고 싶어졌다.

연재 제목은 〈시로 그리는 집〉으로 정했다. 줄이면 시집이 된다. 나뿐만 아니라 모두가 집에서 보내는 시간이 길어졌다. 앞으로도 그럴 것이다. 시를 읽고, 또 시에서 얻은 마음으로 쓴 나의 글과 그림을 보면서, 집 안을 환하게 보는 마음이 가꿔지면 좋겠다. 이런 약속은 작업을 하면서 내 안에서 이야기를 꺼낼 때 좋은 거름망이 된다. 적어도 내가 집 안을 환하게 쳐다본 기억들이 꺼내질 테니까.

사실 오랫동안 시를 어려워했다. 좋은데 왜 좋은지를 말하기가 쉽지 않았다. 어쩌면 내 마음이 좀처럼 정리되지 않은 채 뒤죽박죽이어서였는지도 모른다. 슬픈 기분이 드는 대목에서 어떤 마음으로 울어야 할지를 몰라서 헤매기만 했다. 시를 읽어야만 나의 이야기를 쓰고 그릴 수 있는 연재를 시작하면서, 시를 확실히 좋아하게 되었다. 집에 있는 것들은 누구의 시에도 들어 있었다. 서랍, 채소, 나이가 많은 개, 창문, 식탁, 책, 케이크, 그릇, 베개와 이불 같은 것까지. 집에서부터 출발하는 이야기를 얼마든지 얻어낼 수 있었다.

글과 함께할 그림은 집 모양으로 정했다. 누가 봐도 이건 집이라고 느낄 정도의 단순한 프레임이 있고, 그 안에 나와 나의 주변이 그려진다. 나중에 그림만 모아서 보면, 시로 그려진 집들이 저마다 다른 모양을 하고 있겠지. 누가 모아서 보겠냐마는, 나는 이런 재미를 모아야만 즐겁게 나아갈 수 있는 사람이다. 몇 명이라도 좋으니 같은 웃음을 지을 수 있다면 얼마나 좋을까.

연재의 좋은 점은 지금을 이야기할 수 있는 지면이 주어진다는 것과, 그에 해당하는 연재료를 매월 받는다는 것이다. 책을 쓰는 일보다 마음이 가볍고, 또 미루지 않게 된다는 점도 좋다. 무엇보다 이번 연재는 나의 집에서 출발하는 이야기를 쌓아갈 수 있다는 점이 좋다. 일이 주어져야만 깊고 또 깊게 나의 삶을 돌이켜보는 사람이 되었으니까.

요즘 나는 집에서의 내 모습을 그리는 일을 부쩍 좋아하게 되었다. 최근에는 브로콜리를 잘 씻어 구워 먹는 방법에 대해서 썼다. 글을 받아본 담당 편집자 K는 처음으로 브로콜리를 삶지 않고 구워서 먹었다고 했다. 물에 삶지 않고 초장 없이 먹어본 건 처음이었는데, 한 번도 먹어보지 못한 브로콜리의 맛이 났다고.

어떤 일은, 그 일에 모여든 사람들의 지붕 밑을 아주 조금씩 바꾸기도 한다. 나는 처음으로 브로콜리에 대

임진아

해 글을 쓰고, K는 처음으로 구운 브로콜리의 맛을 알게 된 늦겨울. 집에서 출발하는 일은 이렇게나 사소하고, 그러면서도 어제는 없던 오늘을 꾸며준다.

매일의 표시

작업실에 있는데 지인에게 연락이 왔다. 잠깐 작업실에 들르겠다고. 그러고는 바로 뒤이어 메시지가 도착했다.

　— 근데, 지금 바쁜 거면 다음에 갈게요. 저는 한 번 집중했을 때 흐트러지면 안 돼서. 혹시 방해가 된다면…….

　오, 자신이 피하고 싶은 일을 타인에게도 하지 않으려는 마음은 때론 사려 깊게 작용하는구나. 하지만 나의 대답은 이러했다.

　— 괜찮아요. 저는 한 번에 세 가지 일을 할 수 있거든요.

거짓말 보탠 진심이다. 예민할 때는 정도도 모르고 예민하지만, 대체로 산만한 나는 정말로 한 번에 여러 일을 동시에 할 수가 있다. 그래서 이런 직업으로 살고 있는지도 모르지. 유튜브를 틀어놓은 채로 팟캐스트의 어떤 부분을 찾아 듣거나, 가사가 있는 노래를 들으면서 글을 쓰고, 책 포장을 하면서 스케치할 걸 떠올리곤 하니까. (써놓고 보니 세 가지까지는 아니네요.) 놀러 온 지인은 한참을 머물다가 갔고, 나는 오랜만에 떠든 덕에 일에서는 못 느꼈을 재미를 만끽했다. 오늘 못한 일이야 집에 가져가서 마저 하면 그만이다.

공간에 구애받지 않으려고 하다 보니 집도 작업실도 모두 쉼과 일이 가능한 공간이 되었다. 손을 뻗으면 필요한 것들이 공간마다 놓여 있으니 나만 잘하면 되지만, 아직 마음에서 놓지 못한 한 가지가 있다. 바로 커피.

나는 매일 커피를 마신다. 물론 안 마시는 날도 있지만, 대체로 매일이다. 작업실에 도착해서 일을 시작하는 순간에는 그날의 일 커피가 반드시 놓인다. 마치 모래시계 같달까. 커피가 줄어들면 왠지 마음이 조급해져서 뜨거운 물이나 찬물을 더 부으며 일하는 시간을 연장한다. 일하는 시간이야 내 마음껏 늘릴 수 있으면서, 몰래

임진아

모래시계를 뒤집듯이 물을 추가하는 나.

　　일을 할 때만 마시면 다행이게, 사실 커피의 진짜 무대는 아침이다. 나는 다음 날 아침에 먹을 빵과 커피를 떠올리면서 겨우 잠자리에 들고, 아침에는 커피를 마시려고 눈을 뜬다. 아침에 원두 향을 맡는 시간으로 하루가 느긋해진다. 커피 대신 주스를 몇 번 마셔봤는데, 호텔 조식 기분이 나서 좋았지만 위가 안 좋은 나에게는 주스가 그다지 맞지 않았다. 그럼 커피는 위에 좋냐고? 아파서 병원에 갔더니 먹지 말라고 하는 목록에 커피가 들어 있던 적은 있어도, 커피를 마시고 탈이 난 적은 없다. 그래도 혹시나 커피 때문에 속이 아플까 봐 미지근한 물과 구운 채소를 먼저 먹은 후에 커피를 마시고 있다. 커피한테 뭐라고 할 수 없도록 매일 아침마다 이 약속은 꼭 지킨다. 커피를 다 마시고 나서 몇 배가 되는 물을 억지로 마시는 것까지.

　　아침은 나의 힘이다. 아침을 준비할 때도 일할 때와 마찬가지로 한꺼번에 여러 일을 해낸다. 빵을 자르고, 채소를 굽고, 샐러드를 만들고, 수프를 끓이고, 원두를 갈아 커피를 내린다. 일을 할 때는 여러 일을 앉아서 하지만, 아침에는 이 모든 걸 선 채로 흥겹게 한다. 눈에 곧장 보이는 결과물은 주로 장기 프로젝트를 하는 나에게

오늘이라는 아무 날의 집

짧지만 분명한 성취가 된다. 평소와 다름없이 아침을 준비하다가 문득 기운이 처지는 날이 찾아오기도 한다. 어느 날은 아침을 준비할 엄두조차도 못 낸다. 그런 날에는 바깥 세상에 외주를 주면 된다. 내가 정한 기준으로 나의 상태를 알아차릴 수가 있다.

나에게 아침에 내린 커피는 '지금은 괜찮다'라는 표시다. 어느 날에는 따뜻하고, 어느 날에는 얼음이 잔뜩 들어 있기도 한 이 표시는 그 앞에 자리한 나에게 안도를 선사한다. 이 표시를 매일 이어가기 위해서는, 단단해져야 한다. 그럴 수 있는 하루를 꾸려야 하니까. 나에게 아침을 차려줄 에너지를 모아놓아야 하니까. 그래서 커피를 떠올리면 내일의 씩씩한 나를 기대하게 된다. 그런 의미에서 커피를 내리는 도구들은 저마다 용도가 분명하다는 점에서 참 씩씩하다.

커피를 내릴 때 가장 좋아하는 과정 중 하나는 린싱 작업이다. 드리퍼에 종이 필터를 끼우고 나서 원두를 붓기 전에 뜨거운 물로 한 차례 씻어내는 과정. 이 작은 과정으로 미세하게나마 맛보게 될 종이 맛이나 냄새를 없앨 수 있고, 도자기로 된 드리퍼는 예열이 된다. 하나의 과정은 때론 나도 모르는 사이에 작은 차이를 더하고 뺄 준비를 한다.

임진아

내가 지내는 공간을 어떻게 꾸밀 것인가의 출발은, 매일 필요로 하는 표시를 정하는 데 있다. 그래서 나는 매일 아침을 먹으며 커피를 마시는 시간만큼은 느긋하게 갖고 싶다는 마음으로 부엌과 거실에서 오전을 보내고 있다. 거실이라는 게 별건가. 말 그대로 평소에 기거하는 방이다. 그야말로 내가 있는 곳. 나의 집에서 거실은 가장 큰 방으로 정했다. 책을 읽거나 아침을 먹거나 맥주를 마시는 공간이다. 이곳에서 커피를 한 잔 마셨을 때 비로소, 나는 나의 집에 표시가 된다. 오늘 하루 중 생각을 가장 덜 하고 있을 때의 내가.

테이블 위에는 코스터들이 잔뜩 모여 있는 바구니가 있다. 어쩌면 내가 사는 집을 가장 닮은 물건일지도 모른다. 어디로든 손을 뻗으면 좋아하는 것이 금방 닿는 나의 집. 오늘의 기분에 맞는 자국이 되어줄 코스터를 깔고, 기꺼이 커피 한 잔의 도움을 받고 싶다. 그래서 때마다 커피와 관련된 물건들을 사 모은다. 하루의 변화는 아주 잠깐이지만 나의 자국이 가장 진한 순간에 찾아온다.

집이라는 단어를 떠올렸을 때 '가고 싶다'가 아닌 '머물고 싶다'라고 생각하고 싶다. 나는 집에서만큼은 언제든 나를 멈추게 하고 싶고, 나의 집에서 가장 진하게 표시되고 싶다. 집에 있으면서도 집에 가고 싶다고 생각하고 싶지 않다. 집은 현재의 내가 머물고 있는, 현재의 종착지이다.

원하는 삶이란 건 완성되는 게 아니라는 걸 조금씩 알아가고 있다. 내일과 닮아도 되는 오늘을 보내며, 하루치 여유를 만나는 게 지금 내가 원하는 삶이다. 오늘에 딱 맞는 잔을 골라서, 어울리는 자리에 앉아서 하루를 시작할 수 있는 매일을 그저 반복하면서, 비슷한 다음이 분명 이어질 거라고 믿고 있다. 지금, 그럴 수 있는 집에서 살고 있다.

임진아

할 수 있는 일을 하고 있습니다
나의 작은 집에서 경험하는 크고 안전한 기쁨에 대하여

1판 1쇄 펴냄	2021년 5월 27일
1판 4쇄 펴냄	2023년 6월 30일
지은이	김규림 송은정 봉현 이지수 김희정
	강보혜 김키미 신지혜 문희정 임진아
편집	김지향 황유라 정예슬
교정교열	안강휘
디자인	오이뮤(OIMU)
미술	김낙훈 한나은 김혜수 이미화
마케팅	정대용 허진호 김채훈 홍수현 이지원 이지혜 이호정
홍보	이시윤 윤영우
저작권	남유선 김다정 송지영
제작	임지헌 김한수 임수아 권순택
관리	박경희 김도희 김지현
펴낸이	박상준
펴낸곳	세미콜론
출판등록	1997. 3. 24. (제16-1444호)
	06027 서울특별시 강남구 도산대로1길 62
대표전화	515-2000
팩스	515-2007
편집부	517-4263
팩스	515-2329
ISBN	979-11-91187-77-9 03810

세미콜론은 민음사 출판그룹의
만화·예술·라이프스타일 브랜드입니다.
www.semicolon.co.kr

트위터	semicolon_books
인스타그램	semicolon.books
페이스북	SemicolonBooks
유튜브	세미콜론TV